光を背に受けて

闇鍋

隣人部活動記録

★ CONTENTS ★

11 よだかの星
32 父の帰還
39 正月
51 登校
65 バレンタイン
72 卒業式
79 進級
83 部員募集
92 母
104 マリア叔母さん化フラグ
113 小鳩とマリア
123 神剣ゼミ
132 BBQ
138 そして夜が明ける
155 もう一つの決着
164 運命の出逢い
173 星と太陽
182 笑顔
185 光を背に受けて
197 二回目 ～理科と幸村の場合～
220 再び光に背を向けた小さな翼に漆黒の魔女の祝福を
233 主人公《メイン・ヒロイン》
237 贈る言葉
248 エピローグというかただのオマケというかツマミのようなもの

僕は友達が少ない⑪

平坂読

MF文庫J

口絵・本文イラスト●ブリキ

よだかの星（433）

意味がなくてはいけませんか？　必要でなくてはいけませんか？

かつて彼女はそう問いかけた。

正しくなくてもいいじゃないか。間違っていてもいいじゃないか。

かつて俺《おれ》はそう祈った。

だから——こうなることは必然だったのかもしれない。

☺

「好きです。わたくしと付き合ってください」

「え、あ、はい」

現状をまとめる。

楠幸村《くすのきゆきむら》の指摘により自分が志熊理科《しぐまりか》に対して抱いていた感情が「友情」ではなく「恋」だと気づかされた俺は、同時に、これまでの理科の「これからも友達でいよう」という旨《むね》を強調する言動から暗に自分の恋愛感情が拒否されていたことにも気づいた。

そのことにショックを受けた俺《おれ》に対し、幸村《ゆきむら》が華麗《かれい》なる壁ドン&キスを決め、告白。半ば放心状態のままOKしちゃった俺であった。

しばらくの間呆《ほう》けていた俺の意識が、ようやく少しずつはっきりしてくる。

あれ……？　いま俺なんて言った？　え……？　あ……？　はい……？　はい……!?

はい、じゃねえええええええ!!

「ありがとうございます」

先ほどの強引なキスが嘘《うそ》だったかのように柔らかな微笑《ほほえ》みを浮かべる幸村に、俺は慌《あわ》てて言い立てる。未《いま》だ大混乱中の頭から、どうにか言葉を捻《ひね》り出《だ》す。

「いや、えーとな、幸村、ちょ、ちょっとタンマ、今のナシ！」

「却下します」

穏《おだ》やかに、しかしきっぱりと幸村は言った。

そりゃそうだ。今のナシと言われて簡単に引き下がるようなら、きっと最初から告白などしないだろう。

「で、でも俺、前に隣人部の誰《だれ》とも付き合わないって宣言したから！」

かつて星奈《せな》の告白に対して返事をしたとき、俺はそう誓《ちか》った。その誓いは決して破ることは許されない。星奈、幸村、理科《りか》——隣人部の誰を好きになろうとも、俺は、こいつらの誰とも付き合わない。

それが俺の、自分と他人の両方に我慢を強《し》いる道……の、筈《はず》だった。

「さようですか」

あっさりした口調で幸村が言う。

「わかってくれたか？」

「はい」

頷《うなず》き、幸村は俺に向かって手を伸ばしてきた。

「？」

そして幸村は戸惑う俺から、俺が手にしていた一枚の用紙——『退部届』をサッと奪《うば》い取った。

「名前もまだ書いてありませんし、ちょうどいいです」

「まさかお前……隣人部を……」

「はい。やめさせていただきます」

なんの迷いも躊躇《ためら》いもない様子で幸村は言った。

俺が隣人部の部員と付き合わないと誓ったのは、隣人部という空間《せかい》を色恋沙汰《ざた》なんかで汚したくないからだ。部員以外と付き合わない理由は特にない。ちょっと前にケイトに告白のような真似《まね》をされたときだって、真剣に考えた。よって、隣人部を退部して、隣人部の一員でなくなってしまえば問題はなくなる。そのとおり、大正解。

柏崎星奈《かしわざきせな》には選ぶことのできなかったこの選択肢を、幸村《ゆきむら》はあっさりと選んだ。

隣人部メンバーの中で唯一、隣人部に友達を求めていなかった、楠《くすのき》幸村にしかできない選択だった。

進むべき道を見つけたら、迷いなく真《ま》っ直《す》ぐに進む——迷ってばかりの俺《おれ》には到底《とうてい》真似できない生き様に、感嘆《かんたん》のため息が漏《も》れる。

「……やっぱすげえわ……お前」

もともと幸村のことはとても魅力的な女の子だと思っている。恋愛的な意味でかなり好きだと思う。ドキッとした回数は隣人部の中で最も多い。

だから幸村と付き合うことは、俺にとってまったく嫌じゃない。嬉《うれ》しいことだ。光栄ですらある。

だけど——。

「……幸村。お前は本当にそれでいいのか？」

幸村のことは好きだ。好きだけど、一番じゃない。

「俺が一番好きなのは――」

「問題ありません」

相変わらず穏《おだ》やかに幸村は答える。

「あにきが誰《だれ》を好きであろうと、最後にわたくしを好きになればそれでよいのです。ゆさ曰《いわ》く、付き合ってから深めていく恋もあるとのことですし」

なんで葵《あおい》がそんな恋愛上級者気取りの助言をしているのかが甚《はなは》だ疑問なのだがそれはさておき……まるで乱世に君臨する覇王のごとき漢《おとこ》らしさである。そしてこの漢らしさこそ、女々《めめ》しい俺が幸村に対して最も魅力を感じる部分なのだ。

しかしこの期《ご》におよんでまだ覚悟の定まらない俺は、

「……その前に理科《りか》と話をさせてほしい」

我ながら、ヘタレていると思う。

そんな俺に、

「そう仰《おつしや》ると思っておりました」

幸村は微笑《ほほえ》み、鞄《かばん》からスマホを取り出した。

「……？」

戸惑う俺の前で、幸村は慣れた手つきでスマホを操作する。

『――本当に宜《よろ》しいのですね』

スマホから聞こえてきたのは幸村《ゆきむら》の声だった。

どうやら録音された音声を再生しているらしい。

『何度も言わせないで』

「……！」

聞こえてきたのは、どこか感情を押し殺したような理科《りか》の声だった。

「先ほど、理科どのと二人で話をしてきました」

いったん音声の再生を止め、幸村が続ける。

「理科どのに、これからわたくしがあにきに告白することをお伝えしてきました。録音していることは理科どののもご承知です」

そして再び音声が流れ出す。

『僕と小鷹《こだか》は友達だ。告白でも恋愛でもなんでも好きにすればいい。そんなことで僕と小鷹の友情が揺らぐもんか……！』

『……さようですか。ではそうします』

呆《あき》れを滲《にじ》ませたような幸村の声。

『……理科どのは本気で、友情が恋よりも尊《とうと》いものだと思っておられるのですか？』

『思ってるよ。少なくとも僕と小鷹の友情は——恋愛なんかに負けない』

祈るように、噛《か》み締《し》めるように理科は言った。ほんの少し前に、俺《おれ》も幸村に「恋愛なんて友情の邪魔だ」と言ったばかりだったことを思い出す。

『わたくしには理解できません』

どこか悲しげに……哀れむように幸村が言う。理科も同じく切なげにこぼす。

『恋愛脳の幸村くんにはわからないでしょうね』

『そのようです。……中二病患者の戯言《たわごと》など、わかりたくもありませんが』

『……言ってくれるね恋愛至上主義のクソビッチ。……僕と小鷹が友達になったのは奇跡なんだ。小鷹との友情のためなら何だってする。科学者ナメんなよ俗物。生物の本能も自然の摂理《せつり》も、凡人どものクソみたいな価値観も常識も、僕達《たち》は超越《ちょうえつ》してやる』

『……理科どのこそ、非科学的な夢想家ではありませんか。あと、くそびっちは言い過ぎではないでしょうか。わたくしはまだ生娘《きむすめ》です』

『すいません。なんかカッとなっちゃいましたてへぺろ(・ω<)　……怒りましたか?』

『わりと、かなり……げきおこです。……ですが、やっとわたくしに本当の姿を見せてくださいましたね。今の理科どのとなら友達になれる気がします』

『……逆に理科は願い下げですよ。あなたと仲良くできる気がしません。あなたはちょっと……女らしすぎて……怖い』

『わたくし――真の漢とは、女らしさと見つけましたゆえ』

『……深いですね。……やっぱり仲良くできそうにないです。あなたといると、呑まれそうになります』

寂しげな微苦笑《びくしょう》を漏《も》らす理科《りか》に、幸村《ゆきむら》も『そうですか。残念です』と返し――理科室の扉が開き、閉まる音がしたのち、「ピ」と再生が止まる軽い音が響いた。

二人とも終始淡々とした口調での短いやりとりだったが、お互いが本気で己自身の在《あ》り方を根底からぶつけ合った――戦いだった。

「……というわけで、理科どのは既に御存知《ごぞんじ》です」

再生が終わったあと立ち尽くしてしまった俺《おれ》に、スマホをしまった幸村は言った。

「……似た者同士ですね、あにきと理科どのは」

呆《あき》れと憐憫《れんびん》、そして僅《わず》かな羨望《せんぼう》の色を滲《にじ》ませて、幸村は小さく苦笑する。

「似た者同士……？」

「理想で自縛され自爆されるあたりが特に似ておられます」

辛辣《しんらつ》だな……でもたしかに、そうなのかもしれない。

だからこそ俺達《たち》は、出逢《であ》ったばかりの頃《ころ》から妙にウマが合い、友達になれたのかもしれない。

そんな理科が、恋愛より友情のほうが尊《とうと》いものだと信じている。いや……信じようとしている。俺だってそうだ。きっと俺達は、誰《だれ》よりも解《わか》り合ってしまったがゆえに、友達という関係性を貫くことしかできないのだろう。

「……俺、カノジョより友達を大事にするぞ？」

まずは友達から〜、なんてよくある逃げ口上は、俺にだけは許されない。世間ではどうだか知らないが、友達とは一つの到達点であり、決して恋人に至るまでのつなぎなどではないからだ。

「今はそれでかまいません」

俺の酷《ひど》い言葉を、幸村はあっさり受け止めた。

「いや、あの、『今は』とかじゃなくて、『ずっと』だぜ……？」

「できるものでしたら」

柔らかく微笑《ほほえ》む幸村。

「ぐ、具体的にはだな？　たとえばお前との約束と理科との約束がバッティングしたときは、理科のほうを優先するんだぞ」

「友達も大事ですゆえ、仕方のないことだと思います」

「え、あ、うん……そうか……」

この全《すべ》てを呑《の》み込むような圧倒的な包容力。超人的な覚悟と自信。

所詮《しょせん》、俺《おれ》なんかに対抗できる相手ではなかった。

「…………よ、よろしくおねがいします」

ついに観念して頭を下げる俺に、幸村《ゆきむら》もぺこりと可愛《かわい》らしくお辞儀する。

「こちらこそ。あにき——小鷹《こだか》先輩」

こうして俺に、生まれて初めて恋人ができた。

幸村ルート　HAPPY　END!!

☺

……なんてわけには当然いかず、非常に気の重い現実がまだすぐ近くに待ち受けているのだった。

ルートなんてものは存在しないこの世界で、全てをなんとなくいい感じに誤魔化《ごまか》してくれる感動的なBGMとともにスタッフロールが流れたりもしない、シンと静まった薄暗い廊下を歩き、俺は幸村とともに、再び隣人部の部室の前にやってきた。

俺と幸村が付き合うことを、星奈《せな》に報告しないわけにはいかない。これぱかりは俺の口から直接言って、そしてどれだけ罵倒《ばとう》されようが殴られようが刺されようが甘んじて受け入れる義務がある。

とはいえやっぱり気が重い。重すぎる。なかなか部室の中に入る踏《ふ》ん切《ぎ》りがつかず、俺はそっとドアを少しだけ開け、中の様子をうかがった。

部屋の中には先ほどと同じようにドレス姿の星奈とジャケット姿の夜空《よぞら》がいて、特に会話もなく、なにをするでもなく座っている。夜空の髪には星奈からの誕生日プレゼントである三日月《みかづき》型の髪留《かみど》めが光っていた。

「……それにしても小鷹遅いわね」

不意に星奈が口を開き、俺の心臓が跳ねる。

「……お説教が終わったらすぐに来るようにメールしたのに」

「そう簡単には解放されないかもしれない。あれだけの大暴れだからな……」

嘆息《たんそく》する星奈に、夜空が淡々と言った。

……メール？

俺は片手でポケットの中を漁《あさ》り、ケータイを取り出して、思わず「うげ……!?」と声を漏《も》らしそうになった。

背面にあるバッテリー部分がバッキリと割れており、それ以外にもあちこち亀裂《きれつ》が入っている。液晶には何も映っておらず、電源ボタンを長押ししてもまったく反応がない。

これ明らかに壊れてるよなあ……もう生産もされてない古い機種だし、買い換えるしかないか――

「肉。小鷹《こだか》が来たら私は小鷹に告白するぞ」

突然の夜空《よぞら》の言葉に俺《おれ》の時間が止まる。

「そ」

星奈《せな》は特に驚きも動揺も見せず、

「……やっとあんたが、あたしと同じ場所まで来るわけね」

むしろ嬉《うれ》しそうに微笑《ほほえ》む星奈に、夜空もまた微笑む。

卑屈《ひくつ》さも強がりも一切ない、輝かしい未来を掴《つか》もうとする覇気《はき》に溢《あふ》れた圧倒的にポジティブな微笑みだ。

「そうやって余裕を見せていられるのも今のうちだぞ肉。……今の私ならなんでも出来る

気がする。友達も、好きな男も、全部手に入れてみせる」

「ばーか。それはあたしの台詞《せりふ》だっての」

星奈《せな》はふてぶてしく笑い、

「……どっちが勝っても恨みっこナシだからね」

「ああ」

深刻な話題の筈《はず》なのにギスギスした印象はまるでない、固い友情で結ばれた親友二人の、実に清々《すがすが》しいやりとりだった。

自分が問題の当事者でなければ、どちらも頑張れと応援したくなってしまうほどだ。

「…………」

俺《おれ》は息を殺して、とりあえず部室のドアを閉めた。

すーはーと大きく深呼吸。

冷や汗がダラダラと流れる。

…………えーと……マジでどうしようこれ……。

この状況で部屋に突入しろと……？

間の悪さには定評のある俺だが、今回のは極めつけだ。

今ここで堂々と部屋に入り、夜空《よぞら》と星奈に「俺、幸村《ゆきむら》と付き合うことになったわー」とか報告できるような超人的な度胸が俺にあったら、今頃《いまごろ》俺はハーレム王にでもなってるよな……。

――がちゃっ！

そんな俺の逡巡《しゅんじゅん》など完全にスルーして、幸村がいきなり部室の扉を勢いよく開けた。

「ちょ、ええ⁉　おい⁉」

ひえええさすが幸村さんまじパない！　俺にできないことを平然とやってのける、これが覇者の器か……！

「ゆ、幸村⁉　それに……小鷹《こだか》……！」

夜空と星奈もいきなり入ってきた幸村に驚いた顔をする。

面食らっている二人に落ち着く間も与えず、幸村は開口一番にズバリと一言で斬《き》り込む。

「わたくし、小鷹先輩とお付き合いさせていただくことになりました」

それから先の幸村の手並みも迅速《じんそく》だった。

ぽかんとしている夜空と星奈を横目に退部届に自分の名前を記入し、夜空に手渡す。

「では、そういうことですので」

「え……？　は……？　ええ!?」

混乱の色を浮かべながら夜空《よぞら》は退部届と、幸村《ゆきむら》の顔と、俺《おれ》の顔を順番に見比べた。

「ちょ、ど、どどどういうこと!?」

同じく混乱中の星奈《せな》が俺に問う。

俺は曖昧《あいまい》な表情で首を傾《かし》げながら、

「なんつーか……こ、攻略されちゃった……みたいな……」

「意味がわからん!!」

夜空が叫ぶ。デスヨネー。

「ちゃんと説明しなさいよ！」

星奈に詰《つ》め寄られ、俺自身もまだ混乱しているためしどろもどろになりながら、説明を試みた。

理科《りか》に対する俺の気持ちについては言わないまま――先ほど幸村に告白され、隣人部の誰《だれ》とも付き合わないという誓《ちか》いも幸村が退部するのなら問題はなく、断る理由もなかったので付き合うことになった、と……そんな感じで。

「ば、馬鹿《ばか》な……」

夜空が机に両手をついてうなだれた。

「……まさか幸村に出し抜かれるとは……くっ……肉と友情ごっこなどしている場合ではなかった……！」

「ごっこ⁉　ごっこって言った今⁉」

「ああいや、今のは言葉の綾《あや》だ……」

目を剥《む》く星奈に夜空は慌《あわ》てて弁明し、キッと俺を睨《にら》む。

「というか小鷹《こだか》！　お前は本当にそれでいいのか⁉」

その問いに俺は、ゆっくりと……正直に答える。

「……はっきり『これでいい』って断言する自信は正直……ねえよ。ただ、幸村と付き合うのが嫌じゃないのは事実だし……こいつの真《ま》っ直《す》ぐな気持ちに応《こた》えてやりたいとも思ってる。……それに――」

躊躇《ためら》いながらも口に出す。

「……付き合ってみることで、俺も何か変われるんじゃないかって期待してるんだ」

隣人部に入ってから今に至るまでの様々なトラブルの中で痛感したのは、俺にはとにかく経験値が圧倒的に足りないということだ。他《ほか》の高校生が十七年間で積み重ねてきたであろう経験値が、対人関係の乏しかった俺には欠けている。

だから隣人部に入ってからの濃密な時間に対応しきれず、肝心なところで迷ったり逃げたり失敗してばかりいる。

結局のところ——俺《おれ》はもっと、人と関《かか》わるべきだったのだ。

どれだけ怖がられても、嫌われても、逃げられても、恥をかいても、傷ついても、それでも俺は、人と関わるべきだったのだと思う。

泣いたり笑ったり、傷ついたり傷つけたり、好いたり好かれたり、憎んだり憎まれたり、遊んだり喧嘩《けんか》したり、恋したり失恋したりしなければならなかったのだ。

「……自分の成長のために付き合うなんて、幸村《ゆきむら》に対してすげー失礼だと思う。……でも、それすら許容《きょよう》してくれるんだろ？　お前は」

「むろんです」

幸村は迷わずに頷《うなず》いた。

「…………」

夜空《よぞら》は無言のまま、真《ま》っ直《す》ぐに俺を見据《みす》える。

俺も夜空の視線を正面から受け止める。

しばしの沈黙ののち、夜空が「ふう……」とため息をついて目を逸《そ》らした。

「…………勝手にすればいい。彼女持ちのリア充め」

「夜空……」

「だが覚えておけ！　私は諦《あきら》めない！」

ビシッと幸村を指差し、目に涙を浮かべながら夜空は宣言する。

「十年待ったのだ……少しの間預けておいてやるくらい、どうということはない！　せいぜい束《つか》の間《ま》の勝利を謳歌《おうか》することだなフハハハハハ!!」

それは明らかに強がりだったが、夜空の言葉に幸村の身体《からだ》が一瞬震えたのを俺は見逃さなかった。

精一杯の強がりの笑顔。

それは物語の主人公のように強くも優しくもなれない俺たちに残された、最後の武器《きぼう》だ。

続いて俺は、ちらりと星奈《せな》に目を向ける。

目が合うと、星奈もまた嘆息《たんそく》し、ぽつりと問いかける。

「……なんで幸村なのよ。あたしでもなくて、夜空でもなくて……あんたと一番仲良かった理科《りか》でもなくて……。ギャルゲーだったらクソゲー認定確実よ？」

「ぎゃるげーではないからです」

星奈《せな》の問いに、快刀乱麻《かいとうらんま》を断《た》つように答えたのは幸村《ゆきむら》だった。

「夜空《よぞら》のあねごのような幼なじみでもなく、星奈のあねごのような家族ぐるみで縁のある許嫁《いいなずけ》でもなく、理科《りか》どののように運命的な出逢《であ》いを果《は》たしたわけでもなく——わたくしはただの少女です。意味もなく、必然もなく、ふらぐもなく、るーともなく、恋するただの少女であるがゆえに、目的のために普通に行動した結果として普通に目的地へと到達したまでです」

幸村の堂々たる宣言に、星奈は鼻白《はなじろ》む。しかしすぐに獰猛《どうもう》な笑みを浮かべ、

「それでも、最後に笑うのはあたしだから」

幸村を見据《みす》えて星奈が言うと、

「うけてたちましょう」

幸村は正面から斬《き》り返し、

「……それでは失礼いたします。これまでお世話になりました」

深々とお辞儀をして、幸村は踵《きびす》を返し、部室を出て行く。

俺《おれ》も幸村に続き、部室を出た。

扉が完全に閉まる直前、すすり泣くような声が耳に入ってきたけれど、それに対してな

にかをしたり言ったりする資格は俺にはない。
ただ、自分の選択が誰《だれ》かを泣かせたのだと。
その重さと痛みを噛《か》み締《し》めて、歩いて行くしかないのだろう。

父の帰還（431）

クリスマスパーティーの二日後、聖《せい》クロニカ学園より正式に、ヤンキー羽瀬川《はせがわ》大暴れ事件の処分が通達された。

あの日俺《おれ》を説教した当直の先生の見立て通り、反省文および冬休み後に一週間の停学、冬休み中の登校禁止、スキー研修への参加禁止。また、冬休み中はなるべく自宅で大人しくしているようにという勧告《かんこく》。それが俺に対する処分だった。

実は星奈《せな》から電話で、理事長に頼んで処分を軽くしてもらおうかという提案もされたのだが、それは断った。

『遠慮《えんりよ》しなくていいのよ？　あんたがああいうことやったのって……その……あたしと夜《よ》空《ぞら》を助けるためだったんだし』

『……いや、やっぱいいよ。俺が人を殴ったのは事実だし……俺が俺自身の意志でしでかしたことの責任は、ちゃんと負うべきだと思う』

『そう……。……小鷹《こだか》、ちょっと変わったわね』

というわけで、せっかくできた彼女とデートに行くことも、友達と遊びに行くことも、隣人部の活動も、残念ながら当分お預けだ。

……ちなみに、俺が隣人部をやめるという話はナシになった。

幸村《ゆきむら》に退部届を奪《うば》われてしまったこともあり、あの夜に言い出すことはできなかったが、俺の存在が隣人部のボトルネックであることは変わらない。

これ以上色恋沙汰《ざた》によるごたごたで隣人部を乱さないためには、やはり俺も幸村と一緒に隣人部を去るべきだと思う——。

そんな俺の気持ちを思い切って電話越しの星奈に打ち明けてみたところ、

『ふざけんじゃないわよ！』


怒鳴られた。

「いや、俺は真剣に隣人部のことを——」

『余計なお世話よ、バカ小鷹』

強い口調で断言する星奈。

『……あたしはあんたが好き。夜空もあんたが好き。あんたが幸村と付き合おうがそれは変わらないし、これからも夜空とあたしがそのことでケンカすることだってあると思うわ。けどね、それがどうしたって言うのよ』

「それがどうしたって――」

『ケンカしたっていいじゃない、友達なんだから』

「……っ」

星奈《せな》のその言葉に、俺《おれ》は息を呑《の》んだ。

『友達だけど、仲良しこよしなんてガラじゃないし、あたしと夜空《よぞら》はケンカしてるのが平常運転なの。それがあたしたちで、隣人部の日常風景なのよ。本気でケンカしたくらいであたしたちの関係は壊れないって、あたしは思ってるわ。だからあんたに気を遣《つか》ってもらう必要なんてないし、あんたが隣人部をやめようがやめまいが、あたしたちは全力でケンカする！　だから無駄！　余計なお世話！　あんたは大人しくこれまでどおり、あたしと夜空に狙《ねら》われてればいいの！』

「ええー……」

カノジョがいる男にこの言いよう……さすが星奈だ……。

『……だいたい、幸村《ゆきむら》とあんたが二人ともやめちゃったら、二人でイチャコラする時間が増えるだけで、ますます幸村の一人勝ちになっちゃうじゃない！　そんなの絶対許さないんだからね！　わかった⁉　ハイこの話はおしまい！』

捲《ま》くし立てられ、俺は何も言い返せなかった。

……かなわないな、星奈には……。

☺

父さんがアメリカから戻ってきたのは、処分が下された翌日のことだった。

「ようっ。元気にしてたか？」

「は⁉　ええ⁉　な、え⁉　ええ……⁉」

昼食の時間、なんの前触れもなく急に家に戻ってきた俺の父親——羽瀬川隼人《はせがわはやと》に、俺は驚きのあまり口をぱくぱくさせた。

「お、お、おどぢゃん……？」

一緒にご飯を食べていた小鳩《こばと》も、俺と同じく目を丸くして口をぱくぱくさせている。

「おお〜元気だったかマイラブリーエンジェル小鳩〜！　ますます可愛《かわい》くなったな〜！」

「ふぎゅうう……」

硬直状態の小鳩に抱きつき頬《ほお》ずりをする父さんに、小鳩は嫌そうな顔で助けを求めるように俺《おれ》を見た。

「いや、えーと……親父《おやじ》、え……なんで？　なんでいるんだ？」

「なんでって、ここは俺の家だからな。そりゃ帰ってくるさ」

俺同様に目つきは悪いが妙に人なつっこい印象のある日焼けした顔にふてぶてしい笑みを浮かべ、父さんが言った。

「いやそういうことじゃねえよ！　なんで急に⁉　連絡もなしで！」

「ん？　あー、そういやなんか電話入れるの忘れてたわ」

笑い、ふっと優しげな顔になり、

「なんかザキの奴《やつ》から、お前が学校で暴力事件を起こしたって聞いてな。飛んできた」

「……！」

学園から処分が下りたのはつい昨日のことだ。

アメリカからここまでの移動時間を考えると、本当に事件のことを聞いてすぐ、文字通り飛んできたのだろう。

父さんは昔からこういう人だ。

仕事であちこち飛び回り、家を留守にすることも多いけど、一番大事なものは常に家族で、俺や小鳩《こばと》が熱を出したときなんかは、どんなに仕事が立て込んでいる時でもすぐ駆けつけてくれた。……まったく俺の父親とは思えないかっこよさである。

「で、大丈夫なのか？」

「ああ。ちょっと停学になっただけだから」

「そうか。ならいい。よし、俺も飯にするぞ！　なんか俺のぶんもあるか？」

「朝飯の残りと合わせりゃ一人前くらいは……って、詳しく聞かないのか？」

あっさりと話を切り上げてしまった父さんに、俺が驚いて訊《たず》ねると、

「ん、まあいきさつはザキから大体聞いてるからな。女の子かばって大暴れとか、カッコつけやがって」

父さんはからかうように笑い、顔が熱くなる。

「……ま、なんか困ったことがあったら俺に言えよ。俺一年くらい日本にいるから」

「え、マジで⁉」

「おどちゃんうち帰ってくると⁉」

急な話に驚く俺と小鳩に、父さんはどこか優しげに笑う。

「お前ら二人とも来年受験だしな。なんかザキに任せきりっつーのも悪いし、そうすることにした。まあ手続きとかなんか何もやってねえからちょくちょく向こうに行くことになるだろうが、お前らが卒業するまでは基本こっちで暮らすわ」

それから父さんは悪戯《いたずら》っぽい笑みを浮かべ、

「ま、お前にとっちゃ、親がいるんじゃウチにカノジョ連れ込みにくくなって残念だろうけどな」

「……それはたしかに」

「って、お前カノジョいねーんだっけか――って、は!? 出来たのかカノジョ!?」

暴力事件の真相とはうって変わったすごい食いつきぶりだった。

「あ、あんぢゃん!? あ、あぢゃあぢゃあんぢゅぁん!?!?」と小鳩《こばと》まで目をまん丸にしている。そういえば小鳩には幸村《ゆきむら》と付き合うことになったことを報告していなかった。

父さんには食事中ずっと幸村のことを根掘り葉掘り聞かれ、小鳩はずっと目をくるくるさせていた。

ともあれこうして、久しぶりに家族三人の生活が始まったのだった。

正月（425）

俺《おれ》の人生の中で最も色々あった一年が終わり、新しい年がやってきた。

一月一日——元日。

羽瀬川《はせがわ》家の三人は、朝起きて早々、朝食もとらずに父さんの運転する車で柏崎《かしわざき》家の玄関前に来ていた。


「ぺーがーさーすーくーん！　あーそーぼー！」


父さんが声を張り上げる。

するとすぐに屋敷の中からドタドタと慌《あわ》ただしい足音が聞こえてきて、ドガッ！　と玄関の扉が勢いよく開かれた。

髪を振り乱して家から飛び出してきたのは浴衣姿の天馬《ぺがさす》さんだった。着替えている途中だったのか帯が緩《ゆる》んでおり股《また》からフンドシがチラチラしている。元旦《がんたん》からロクでもないモノを見てしまった……。

「ようザキ。あけおめー」

軽く挨拶《あいさつ》する父さんに天馬《ペガサス》さんは口をぱくぱくさせ、

「は、ははは隼人《はやと》……！　な、なぜここに!?」

「ん、まあ正月だしな。なんか挨拶に来た」

「そ、そういうことじゃない！　い、いつの間に日本に戻っていたんだ!?」

……天馬さんに帰国したこと言ってなかったのかよ。

「ん、なんか五日くらい前かな。こいつらが学校卒業するまではとりあえずこっちで暮らすつもりだ」

天馬さんは深々と、しかし喜びを隠せないため息をつき、

「はあああああ～～～～～～♪　まっったく貴様はいつも唐突だな……♪　だいたい人の都合も考えずにいきなり来おって非常識だとは思わんのか♪　前もって連絡してくれればこちらも準備を――」

「ん、お前んとこは元日から忙しいだろうから朝イチで来たんだが、なんかまずかったか？　だったらもう帰るわ。ちょっと挨拶しに来ただけだしな」

「だ、だだだ誰《だれ》もそんなこと言っとらんわ馬鹿《ばか》者♪　せっかく来たのに挨拶だけでさっさと帰るとはなにごとだ♪　食事くらいして行かんか馬鹿者め♪」

顔を真っ赤にして怒る（？）天馬さんのうしろから、家令《かれい》のステラさんが現れる。

「……では羽瀬川様《はせがわさま》。どうぞ中へ。旦那《だんな》様はその見苦しい格好をどうにかしてから食堂にいらしてください」

ステラさんに案内され、柏崎《かしわざき》家の食堂へ。

テーブルには大量のおせち料理が並べられており、椅子《いす》には星奈《せな》が眠たげな顔で腰掛けていた。

が、俺達《おれたち》の――正確には小鳩《こばと》の姿を認めると星奈の顔つきが豹変《ひょうへん》した。

「こ、ここ小鳩ちゃん!?　元旦《がんたん》から小鳩ちゃんに逢《あ》えるなんてなにこれ奇跡!?　夢じゃないわよね!?　こっぱっとちゅわ〰〰〰〰〰〰〰ん!!」

「フンギャー!!」

例によっていきなり抱きついてきた星奈を、小鳩は全力で拒絶する。

その光景にはさすがの父さんも面食らった様子で、

「……おい小鷹《こだか》。この娘《こ》はもしかして……」

「……星奈。天馬《ぺがさす》さんの娘《むすめ》の星奈だよ」

そこで星奈はようやく俺達の姿に気づいたらしい。

「あ、小鷹。と……?」

「俺の親父《おやじ》だ」

「お、お父さん⁉」

星奈は顔を赤くしてバッと小鳩から離れ、ぎこちない笑いを浮かべる。

「あ、あの、は、はじめまして……！」

「はじめまして、じゃねえんだけどな」と父さんは笑い、

「君のお父さんの友達で、コイツらの父親の隼人《はやと》だ。よろしく」

自己紹介し、ナチュラルに星奈の手を握る。

「あ、はい……よ、よろしくお願いします」

珍しく緊張した様子の星奈は、握手を終えると父さんから離れ、俺のそばに寄って耳打ちしてくる。

「ちょっと！　あの人ほんとに小鷹のお父さん⁉」

「？　どういう意味だ？」

「だってすごいコミュ力高そうじゃない。小鷹のお父さんなのに」

「……ほっとけ。正真正銘俺の親父だよ」

そうこうしていると、いつもの着流しではなく紋付袴姿《もんつきはかますがた》の天馬さんが食堂にやってきて、改めて新年の挨拶《あいさつ》をしたのち、羽瀬川家と柏崎家、それからステラさんも揃《そろ》っての朝食が始まった。

豪勢《ごうせい》なおせち料理と作りたてのお雑煮を味わう。俺《おれ》の家ではおせち料理を作る習慣がなかったので、こんな本格的な元旦《がんたん》っぽいご馳走《ちそう》は初めてだった。

そんな平和なひとときに、

「小鷹《こだか》くん。その……すまなかったな」

唐突に天馬《ぺがさす》さんが詫《わ》びてきた。

「な、なにがですか？」

「君の処分のことだ。星奈《せな》があまり詳しく話してくれないので詳細は知らないが、娘とその友達を守るために戦ってくれたのだろう？」

「気にしないでください。暴れたのは事実なんで……」

本心から俺は言った。

それよりも、そんなことよりも、星奈が夜空《よぞら》のことを天馬さんに「友達」だと伝えていたらしいことがなにより嬉《うれ》しい。

「そうか……しかし停学となると受験にも関《かか》わる可能性があるし、隼人《はやと》のように指定校推薦を狙《ねら》うことも難しくなってしまった……」

……正直そこまでは考えてなかった。たしかうちの学校、俺の行こうと思ってる大学の推薦枠あるよな……。特に狙っていたわけじゃないけど、可能性が一つ断《た》たれてしまったのは痛い。

「だ、だから気にしないでください！　大学なんて勉強頑張ればいいだけなんで！」

強がり混じりで俺が努めて明るく言うと、天馬さんは微《かす》かに口元を笑みの形に歪《ゆが》め、

「そうか……頼もしいな。君が星奈を選んでくれなかったのが残念でならない」


「「ぶっ」」

いきなり爆弾を投げられて、俺と星奈が同時に噴き出す。

「ちょっ、パ、パパ！　今そんな話しなくてもいいじゃない！」

「いいやこの際言っておく。君の恋人がどんな娘なのかは知らないが……うちの星奈では不満だったのかね？」

和やかな口調だったが、天馬さんの目はまるで笑っていなかった。

「い、いや、ええと……」

どう言ったものかと弱っている俺に、父さんが助け船を出す。

「子供の色恋に口を出すとか、ンな野暮《やぼ》な真似《まね》はよせよザキ」

「し、しかしだな！　許嫁《いいなずけ》がいるというのにあっさり他《ほか》の女とくっつくというのはいかが

なものか！　せめて詳しい事情くらいは聞かせてもらっても――」

「？　許嫁《いいなずけ》？　なんだそれ？」

不思議そうに首を傾《かし》げる父さんに、天馬《ぺがさす》さんが絶句する。

「な、なんだそれ、だと……？」

「ん？」

「隼人《はやと》貴様まさか、星奈《せな》と小鷹《こだか》くんが婚約したことを忘れたわけではあるまいな⁉」

「え⁉　そうなのか？」

素で驚いて俺《おれ》を見る父さんに、俺は努めて淡々と、

「……俺たちが物心つく前に親父《おやじ》たちがそんな約束したんだってさ」

「んんー……？　ん～～～～～ん？」

父さんはなおもしばらくうんうん唸《うな》ったのち、やがてぽんと手を打つ。

「ああー！　そういやなんかあったなそんなこと！　こいつら大きくなったら結婚させよ
うぜーみたいなノリで！」

あまりにも軽いノリに、天馬さんの顔が引きつる。

「あんなもんただの冗談だろ？」

「ノ、ノリ……？　冗談、だと……？」

「つーか今どき、本人の意志と無関係に婚約なんてありえねえだろ」

「そ、それはそうだが……しかし、うぐ、うぐぐぐぐぐぐ……」

天馬さんはしばらく顔を真っ赤にして唸っていたが、ついに、

「ぬをおおおおおおおおおん!!」

席を立ち、涙目になって食堂を出ていってしまった。

「ちょっ、パパ!?」

「おい！　ザキ!?」

慌《あわ》てる父さんに、ステラさんが声をかける。

「……追いかけてあげてください隼人様。あのめんどくさいおっさんのことを宜《よろ》しくお願いいたします」

「しょうがねえなあ……」

頭をかきながら父さんが席を立ち、「お〜い、待ってよ〜ペガサスく〜ん」と棒読みで叫びながら天馬さんを追い食堂を出て行った。

俺に彼女ができた結果、おっさん二人の友情にヒビが入った。……なんだこれ。

と、そこで星奈と目が合う。

後ろめたさを覚える俺《おれ》に、星奈《せな》はため息をついた。

「パパにも困ったものね。婚約の話なんてとっくに終わったことなのに」

「そ、そうだな」

「……前にも言ったでしょ。婚約なんてなくたって、あたしは欲しいものは自分の力で手に入れるって。あたし、まだ何も諦《あきら》めてないからね」

星奈が肉食獣のような笑みを浮かべ、隣の席の小鳩《こばと》がびびったのか俺の腕にしがみついてきた。

☺

父さんと理事長の間でどんな会話があったのかは知らないが、小一時間ほどで二人は食堂に戻ってきた。

天馬《ぺがさす》さんは午前中から新年の挨拶《あいさつ》まわりに行かねばならないらしく、俺たちも柏崎《かしわざき》邸をあとにすることになった。これから家族三人で初詣《はつもうで》だ。

「……恋人ができた気分はどうですか？　小鷹《こだか》様」

車に乗り込む直前、ステラさんがボソリと俺に話しかけてきた。

「……まだ全然実感ないです」

正直に答える。クリスマスイヴ以来、幸村《ゆきむら》とは会ってないからな……。

「あ、そういえば天馬さんが、ステラさんに最近恋人ができたって――」

「……あの馬、口が軽いですね」

ステラさんが一瞬顔を引きつらせたのち、ほんの少し頰《ほお》を赤らめて、

「……一応、結婚を考えております」

「へ、へえ……」

結婚か……。女の子と付き合うってことは、やがてそうなる可能性もあるってことなんだよな……。まだ高校生で、しかも初めて彼女ができたばかりの俺の中では、「付き合う」と「結婚」が全然具体的に結びつかないけど。

「……結婚したらイギリスに戻り、母の会社を手伝おうと思っています。彼も同意してくれていますし」

「え？　それじゃあ家令《かれい》の仕事は……」

するとステラさんは小さくため息をつき、

「……そこが悩みどころなのです。はやく後任を見つけねばなりません。……小鷹様が婿養子に入ってくだされば、私の仕事を引き継いでいただこうと思っていたのですが……あ

てが外れました。どうしてくれるのですか」

「……え……なんか……すいません」

そんな期待をされてたのかよと内心ちょっと引きながらとりあえず謝る俺《おれ》に、ステラさんは小さく笑い、

「冗談です。……後継者探しが難航《なんこう》しているのは事実ですが」

登校（410）

冬休みが終わってさらに一週間。

停学が解けた俺は、久しぶりに聖《せい》クロニカ学園高等部の門をくぐった。

カツラと眼鏡はつけていない。

2年5組の教室の前に立ち、深呼吸し指先に力を込めて扉を開ける。俺が中に入ると、一瞬教室がシンと静まりかえった。

……やっぱりこういう反応になるよな。

ふと夜空《よぞら》の席に目をやると、目が合ったのちすぐに彼女は目を逸《そ》らし、流れるような動きで机につっぷして寝たふりをはじめた。それがあまりにも完璧《かんぺき》に自然体すぎて、「目が合ったと思ったのは俺の錯覚で、実は彼女は最初から寝ていたのではないか？」と自分の認識のほうを疑うレベルである。

休み時間に寝たふりをするのは友達いない学生の必須《ひっす》技能とはいえ、夜空のそれはもはや神業の域に達していた。

夜空以外の他《ほか》のクラスメートも、若干声のトーンを落としながら雑談を再開する。

……これまでの俺《おれ》なら、そんなみんなの反応に寂しさを覚えながらもどこか安心感を抱きつつ、小さくため息をついたりなんかして自分の席へと向かっていた。

でも。

すー、はー。

教壇の前まで来たところで直立し深呼吸して、

「お、お、おひゃようごじゃいまふっ!!」

声を張り上げて挨拶《あいさつ》した。

視線を逸《そ》らしていたクラスメート達《たち》がなにごとかとこちらに目を向け、警戒するようにチラチラと俺を見ていた連中は一様にギョッとした顔をした。……夜空《よぞら》はというと、机に突っ伏したままだった。

俺はさらに、昨日からずっと練習してきた台詞《せりふ》を続ける。

「ふ、不肖羽瀬川小鷹《はせがわこだか》ァ！　恥ずかしながら、か、帰ってまいりましたァ！　こ、今度こそ心を入れ替えて励《はげ》みますので、ご、ごがきゅーの皆様におかれましては、ご、ご指導ご鞭《べん》たっつのほど、よ、よろしくお願い申しあげまッス!!」

家で何百回も練習したにもかかわらず緊張でどもりながら言い切った俺に、クラスメートたちは静まりかえったまま困惑の表情を浮かべていた。

——眼鏡やカツラで無理矢理《むりやり》イメージを変えようとするのをやめる一方で、ちゃんと自分から他人に接していく。拒絶されても諦《あきら》めず、どれだけ恥をかいてもへこたれず、少しずつ受け入れてもらえるよう努力する。それが俺の決意だった。

……停学が明けて最初の挨拶から早くも失敗してしまった感があって、顔から火が出るほど恥ずかしい。逃げてしまいたい。誤魔化《ごまか》してしまいたい。不機嫌そうな顔を作ってそそくさと自分の席につき机に突っ伏して寝たふりをしてしまいたい。

「お……おはよう、ございます……羽瀬川、こ、小鷹ッス……！　よ、よろっしゅ、おねがっ、しまっしゅっ!!」

俺はもう一度声を絞り出して挨拶した。

皆の反応は鈍く、未《いま》だに痛々しい沈黙が続いている。


「——ぷっ」


その静寂を破ったのは、三日月《みかづき》夜空だった。

「くく……ぷふっ……くくっ……っ……っ！」

顔を伏せたまま、こらえきれないように全身を震わせていた夜空《よぞら》は、急に勢いよく顔を上げ、目に涙を浮かべて破顔した。

「あはははははははははは！！！！」

急に大笑いを始めた夜空に、クラスメートたちが戸惑いの色を浮かべる。

そんな視線など気にもとめず、夜空はひとしきり笑い続けたあと、涙目をこすって俺《おれ》を見据《みす》え、「ふん」と小さく鼻を鳴らして微笑《ほほえ》んだ。

「……そ、そんなに笑わなくてもいいだろ」

小声で抗議する俺に、夜空はよく通る澄《す》んだ声で、

「ああ、すまない。ヘタレヤンキーのヘタレっぷりがあまりにも無様だったから、つい笑ってしまった」

「だから俺はヤンキーなんかじゃ……」

「ああ、そうだったな」

夜空は笑みを深め、

「貴様はヤンキーなどではなく、生まれつき髪の毛の色がちょっとアレな感じで目つきがかなりアレな感じなだけの、ただのヘタレ高校生だったな！　フハハハ！」

まるで周囲に聞かせるように、夜空は芝居がかった口調で言った。

と、

「……そうなの？」

誰《だれ》かの囁《ささや》く声がした。続いて「え、マジで？」「そうだったの？」といったひそひそ声が耳に入る。

そこでようやく俺は、夜空が手助けをしてくれたのだと気づく。

驚きと感謝の目で夜空を見ると、夜空は少し顔を赤くして「ふん」と不機嫌そうなため息をついた。

「でもクリスマス会で……」「ああ……俺も見た」「友達が殴られたって……」

そんな声に俺の顔がひきつる。

クリスマス会で俺が大暴れして他人に暴力を振るったのは紛《まぎ》れもない事実で、さすがに都合よくあれをなかったことにすることはできないし、してはいけないとも思う。

「ク、クリスマスのときはその……ちょ、ちょっとテンション上がっちゃって……は、反省してる！」

しどろもどろになりながら弁明を試みる俺だったが、「テンション上がっちゃって大暴れって……」「やっぱり不良じゃん……」「こええ……」「そういえばレイプ祭りとかなんとか……」とみんなの顔に再び怯《おび》えの色が混じる。

「あ、あれもちょっと調子に乗っちゃっただけで……！　レイプなんて絶対によくないと思います！」

「貴様は頭も残念だからなー。いきがって、乏しい語彙《ごい》の中から一番酷《ひど》い単語を選んでしまっただけなのだろう？」

「そ、そうなんだ！」

夜空《よぞら》の言葉に全力で頷《うなず》く俺《おれ》。

続けて夜空が呟《つぶや》く。

「……そもそも、童貞のヘタレにレイプなどできるわけないしな」

その声は小さかったが、静まっていた教室の中では十分に響いた。

「……童貞？」「……マジで？」「羽瀬川《はせがわ》は童貞だったのか……」

クラスメートの声や視線に驚きや哀れみ、共感の色が混じる。

俺は顔が羞恥《しゅうち》にカッと熱くなるのを感じながら、

「そ、その通り、だ、です！　俺は童貞だ!!　ちょっといきがってるだけで根は真面目《まじめ》でつまらないヘタレなんで！　よ、よろしくっ！　オッス!!」

そう叫び、困惑や疑惑の視線を体中に浴びながら、俺は急ぎ足で自分の席へと向かって椅子《いす》に座った。

ヤンキー疑惑は簡単には消えないだろうし、クラスの中で浮いた立場なのは変わらないだろうが、それでも完全にクラスから排斥される事態だけは避《さ》けられたように思う。あとは地道に努力していくしかない。

夜空の席を見ると、いつの間にか再び完璧《かんぺき》な寝たふりモードに入っていた。

そんな夜空に内心で感謝しつつ――俺の学園生活は再び幕を開けたのだった。

☺

そんなわけでとりあえず、どうにかこうにか「教室に入る」というミッションはクリアした俺だったが、重大な問題は未《いま》だ残っていた。

「――おつとめごくろうさまでした、小鷹《こだか》先輩」

午前の授業が終わってすぐ、女子の制服を着た幸村《ゆきむら》が教室に入ってきて、ざわつくクラスメートたちを気にもとめず俺に挨拶《あいさつ》した。

幸村と会うのはクリスマス以来初めて――すなわち、付き合うようになって初めてだった。「付き合う」という単語を改めて頭に浮かべると、自然と頬《ほお》が熱くなった。

「お、おう……久しぶりだな、幸村」

「はい。お会いできるのを心待ちにしておりました」

うっすらと頬《ほお》をピンク色に染めて微笑《ほほえ》む幸村《ゆきむら》。

……正直、めちゃくちゃ可愛《かわい》い。こんな可愛い女子が俺《おれ》のカノジョだなんて夢じゃないだろうかと疑うレベル。

「ええと……お前と俺って、付き合ってるん、だよな？」

もしかして本当に夢なのではという疑いが完全に払拭《ふっしょく》できなかったため、思わず小声で直接訊《き》いてしまった。

幸村は一瞬きょとんとした顔をしたあと、可憐《かれん》に微笑み、

「はい。わたくしは小鷹《こだか》先輩の恋人です」

柔らかな声音で幸村が言うと、周囲で聞き耳を立てていたらしいクラスメートたちがざわついた。それに混じって「ゴギュギリィィィ……!!」という聞くだけで不安になるほど凄《すさ》まじい歯ぎしりの音が聞こえたのでギョッとしてそちらを見ると、コンビニの袋を持った夜空《よぞら》が教室から出て行くところだった。

「小鷹先輩」

夜空の背中を目で追っていた俺に、幸村が言う。

「お昼をご一緒しませんか」

これまで俺は昼休み、昼食を友達の志熊理科《しぐまりか》と一緒に食べていた。今日も理科のぶんの弁当も作って持ってきている。

しかし今の俺には幸村というカノジョがいる。

カノジョと一緒に昼休みを過ごす――これはきわめて一般的なことで、実際、この教室や食堂でも男女二人きりで仲良く食事をしているカップルの姿は多く見られる。

昼休みを友達と一緒に過ごすか、カノジョと一緒に過ごすか。

かつての俺からは考えられないような、言葉にしてみると非常に贅沢《ぜいたく》に聞こえる、まさにリア充そのもののような悩みなのだが、俺にとっては深刻な問題だ。

いかに幸村が「友達のほうを優先する」ということを了承しているからといって、付き合ってから初めての昼休みに、あえて一緒に食事することを拒否するなんてのはいくらなんでも酷《ひど》すぎる気がする。

理科と幸村――。

幸村に告白される直前のやりとりを聞く限り、この二人の仲はかなり微妙だ。

以前の夜空と星奈《せな》のように似たもの同士で罵倒《ばとう》し合いながらもどこか清々《すがすが》しくもあった関係とは違い、根本的な部分で相容《あいい》れない感じがある。

「と、とりあえず理科室に行かないか」

俺《おれ》の提案に、幸村《ゆきむら》は一瞬不満そうに顔をしかめたあと「……はい」と小さく頷《うなず》いた。

……三人で食事できればそれが一番だと思ったのだが、この反応を見る限り難しいかもしれないな……。

☺

二人分の弁当を持ち、幸村と一緒に理科《りか》室へ向かう。

理科とも会うのはクリスマス以来だ。

理科室へ近づくにつれて心臓の鼓動が速くなる。

俺は理科が——友達である志熊《しぐま》理科のことが、恋愛的な意味で好きだ。

だが、この気持ちは決して表に出してはいけない。

理科本人の前や、恋人である幸村の前では勿論《もちろん》のこと、一人でいる時でさえ封印する。

いつかこの気持ちが消え去って、ただの思い出話として理科に「そういえば俺、あの頃《ころ》お前のこと好きだったんだぜ～（笑）」なんて軽口が叩《たた》けるようになるその時まで、この恋心を圧殺《あっさつ》し続ける。

それが、こんな俺と友達になってくれた理科と、こんな俺をそれでも好きだと言ってくれた幸村と、こんな俺が傷つけてしまった夜空《よぞら》や星奈《せな》と、これからも向き合っていくための唯一の方法だと思う。

理科室に入り、その奥、理科準備室の扉をノックする。

ゆっくりと扉が開き、志熊理科が俺を出迎える。

「や」

微笑《ほほえ》み、気安い調子で挨拶《あいさつ》してくる理科に、ドクンと心臓が一際激しく高鳴る。それを全力で誤魔化《ごまか》しながら、「おう」と努めて軽く挨拶を返す。

俺の隣の幸村は無言でぺこりと軽く頭を下げ、理科もそんな幸村に微笑を張り付けたまま無言で会釈《えしやく》した。二人とも目はまったく笑っていない。

「え、えーと……久しぶりだな、理科」

いたたまれない空気を打ち破りたくて早口で話しかける。

「うん、久しぶり」

柔らかく微笑む理科に、顔が熱くなる。

「きょ、今日からまた、ここで弁当を食おうと思うんだが、そ、その……いいか？」

「もちろん」

理科は即答したのち、

「……まあ、カノジョさんが問題なければだけどね」

理科《りか》の視線を受けた幸村《ゆきむら》は、

「……わたくしは問題ありません。友達は大切ですゆえ。小鷹《こだか》先輩がわたくしよりも友達との時間を選ぼうとも、わたくしは耐えてみせます」

寂しげに微笑《ほほえ》み、幸村は淡々と言った。健気《けなげ》すぎる……。

「よ、よし、じゃあこれからは昼はここで三人で食おう！」

努めて明るく言った俺《おれ》の言葉に、

「あ？」「はあ？」

理科と幸村は同時に顔をしかめた。

「……まあ、理科はべつにいいんですけどー。昼休みの間くらいその人がいるのを我慢してあげてもー」

理科がむくれた調子で言う。その人て……。

幸村もぶすっと口を尖《とが》らせ、

「……べつに我慢していただかなくても結構ですが。昼休みの間くらい、お二人で過ごされることを許してさしあげましょう」

幸村の台詞《せりふ》に理科はぴくりと眉《まゆ》を動かし、

「……は？　許す……？　何様ですか？」

「……わたくしは小鷹先輩のかのじょ様ですが？」

「かのじょぉ？　あー、女の子だったんですねぇ。胸が平らすぎてわかりませんでした」

「……っ！　…………………ぶす」

「ぐっ……こ、この……！」

お互い的確に相手のコンプレックスを抉《えぐ》る言葉を使い、ビキビキと顔を引きつらせて睨《にら》み合う。

胸の大きさなんて気にする必要ないと思うし、理科は可愛《かわい》いのに……と思ったが、俺がここでそれを言うと火に油を注《そそ》ぐだけのような気がして口には出さない。

二人の間でバチバチと見えない火花が飛び交い、今にもリアルファイトに突入しそうなサツバツとした空気が漂う。怖い！

「と、とりあえずはやく飯を食おうぜ！　昼休みが終わっちまう！」

強引に話を進め、三人でテーブルを囲む。

しかしこんなギスギスした空気の中で食べる食事が美味《うま》いわけがなく、味なんてほとんどわからなかった。

「……明日からは……一日交代で一緒に食うことにしようか……」

俺《おれ》の提案に二人も同意し、昼休みを友達と過ごすか彼女と過ごすか問題は一応の解決を見た。

とはいえ、幸村《ゆきむら》と理科《りか》が険悪なのは見ていて辛《つら》い。

どうにかして二人に仲良くしてもらう方法はないだろうかと、頭を悩ませる俺だった。

バレンタイン（385）

二月上旬のある日の放課後、部室にて。

「そういえば、来週にはバレンタインとかいうイベントがあるようだな」

夜空《よぞら》が、さも今ふと思い出したかのような口ぶりで言った。

部室には現在、夜空、俺、星奈《せな》、理科、小鳩《こばと》、マリア——つまり隣人部全員が揃《そろ》っている。

「そうだな」

俺は相づちを打ちつつ、そういえば幸村は俺にチョコレートをくれたりするのだろうか、「もののふたるもの、そのような浮ついたいべんとに踊らされるなど言語道断です」などと言って不参加のような気もするけど、カノジョがいるのにバレンタインにチョコを貰《もら》えないというのはちょっと悲しすぎるなあ……なんてことを思った。

……ちなみに俺はバレンタインにチョコをもらったことが一度もない。母さんは早くに亡くなったし、小鳩はまああんな感じなので、家族にさえ貰ったことがないのだ。

「バレンタインにチョコレートを渡すなど所詮《しょせん》は日本の製菓会社の仕掛けたイベントに過

ぎず、そんなものに踊らされるなど実にくだらんな、うん。しかし最近では、だ」

夜空《よぞら》が話を続ける。

「……最近では、『友チョコ』などというものがあるらしい」

「友チョコ?」と星奈《せな》が聞き返す。

「これまで日本のバレンタインデイは女が好きな男にチョコレートを渡すのが一般的だったのだが、最近は『友チョコ』と言って、友達同士でチョコを交換するのが流行《はや》っているらしい」

「へー。なんで?」

「知らん。恋愛に関心のない者をもどうにかバレンタイン市場に取り込もうという企業の策略かもしれないし、よくある原因不明のブームかもしれない。ともかく、世間で友チョコが流行っているのは事実だ。バレンタインチョコなど実にくだらん……くだらんが、しかし『友』とあっては我々隣人部としては無視するわけにもいかない」

……めちゃくちゃ回りくどいけど、要するに夜空が言いたかったことは、

「しょうがないので、私たちもバレンタインに『友チョコ』を作ったり渡したりする練習をするぞ！　まったく実にくだらない、あーくだらない」

そういうことらしい。

「よくわからんがチョコレート食べられるのか⁉　わーいやったー！」とマリアが無邪気に喜んでいたが、俺《おれ》は不安でいっぱいだった。

チョコを……作ったり、だと……こいつらが……？

☺

というわけで日曜日。

隣人部の面々は、羽瀬川《はせがわ》家の台所に集まっていた。キッチンは広めだし使い慣れた調理器具も揃《そろ》っているので俺がサポートしやすい。

うちに来るのが初めての星奈と理科《りか》は、どこか緊張した様子で家の中をきょろきょろ眺めており、マリアは「わーいお兄ちゃんの家だー！」とはしゃいでおり、一時期小鳩《こばと》に飼われていた夜空は落ち着いている。

「えー、今日お前らに作ってもらうのは『トリュフチョコ』です。初心者でも簡単に作れるし、見栄えもいい」

今日の仕切りは、完全に俺に任せてもらっている。

俺もチョコレートというかお菓子自体を作ったことがなかったのだが、今日に備《そな》えて予習しチョコレートの扱いはマスターした。やってみるとお菓子作りも奥が深く、今後も色々作っていきたいと思う。

材料も道具も全《すべ》て俺《おれ》が準備し、包丁が使えない夜空《よぞら》のためにチョコレートは前もって細かく刻んでおいた。

あとは溶かして形を作って冷やしてココアパウダーをまぶすだけ。

これだけ準備しておけば、いかに料理をまったく作ったことのない隣人部の女子たちでも絶対に失敗することはない……はずだ。

「チョコは必ずここにあるものを使うこと。余計なものは絶対に混ぜないこと。いいな？」

俺の言葉に、星奈《せな》と理科《りか》が不満そうな顔をした。

「えー？　そんなの普通すぎてつまんないじゃない。せっかくこのあたしが作るんだから、もっと特別なチョコにしたいわ」

「そうですよ。せっかく理科特製の秘密の隠し味を用意してきたのに」

「ぜっっったいに、ダメだ！」

俺が力を込めて言うと、二人は渋々といった様子で了承した。

そしてさっそく俺たちはトリュフチョコ作りに取りかかる。

手先の器用な夜空、星奈、理科は特に問題もなく形を整えていき、小鳩《こばと》とマリアは手をベタベタにしながら「ククク……見よ、これが我が魔力の結晶、ダークマター……!」「ぱくっ!　おおー、甘いのだ!」「うがー!　我の指を舐《な》めるなあほたれー!」「あはは、溶けたチョコレートってうんこみたいだなー!　オマエもワタシのうんこ食べていいぞ!」「ぺろり。……ククク……甘い……」などと楽しそうにじゃれあっている。

そんなとき、

「お、やってるなー」

二階にいた父さんが下に降りてきた。

「なんかいつもこいつらがお世話になってます、羽瀬川《はせがわ》の父です」

「こ、小鷹《こだか》のお、おとっ!?」「ち、ちちっ!?」

フランクに挨拶《あいさつ》する父さんに、初対面の夜空、理科が動揺し、丸めていたチョコをぐしゃりと潰《つぶ》した。

「……降りてくるなって言っただろ」

文句を言う俺に父さんは「わかってるって、すぐ上行くから」と笑い、それから小さく耳打ちで、

「で、どっちがカノジョの幸村《ゆきむら》ちゃんなんだ？　まさかあの銀髪の小さい娘《こ》ってこたぁねえだろうが……」

夜空《よぞら》と理科《りか》、そしてマリアに視線を向けて訊《たず》ねてきた。

「……幸村《ゆきむら》なら今日は来てないぞ」

父さんには幸村のことを「同じ部活のやつ」と伝えてある。だから今日来ている中に俺《おれ》のカノジョがいると思ったのだろう。

「そうか、残念だなー。……しっかしなんか、星奈《せな》ちゃんといいあの娘《こ》たちといい、なんかめちゃくちゃレベル高いな。お前の高校生活どうなってんだ？」

改めて言われると、それはすごく核心的な問いのような気がした。

俺の高校生活、本当にどうなってるんだろう。

☺

その後、トリュフチョコは特に問題なく美味《おい》しく出来上がり、二月十四日の放課後、俺たちは部室でそれを食べた。

幸村にも昼休み、戦国大名の家紋を象《かたど》った市販のチョコをもらった。俺たちの手作りチョコより明らかに美味しかったのが少し悔しい。お菓子作りも暇を見て特訓してみようと決意する俺だった。

ともあれこうして、バレンタインデイは何の波乱もなく平穏に終わった。

実に結構なことだと思うが、ラブコメ的には、これこそが最も残念なバレンタインの在《あ》り方だったのかもしれない。

卒業式（365）

三月初旬のよく晴れた日。

聖《せい》クロニカ学園高等部の体育館では、卒業式が行われていた。

「わ、我々在校生一同は、先輩がたの教えを受け継ぎ、聖クロニカ学園の生徒として恥ずかしくないよう、これからもしぇいいいっぱい――」

壇上でカチカチに緊張しながら在校生代表として送辞《そうじ》を読み上げているのは、現生徒会長の遊佐葵《ゆさあおい》だった。

どうしても先代会長の日高日向《ひだかひなた》さんと比べて頼りない印象は否めないが、小さい身体《からだ》でちょこまかとよく働く姿に好感を持つ人間は多いようで、新しい生徒会長として受け入れられていた。

現生徒会執行部の正式メンバーは現在三人。

昨年度会計だった遊佐が会長で、書記だった神宮司火輪《じんぐうじかりん》が副会長の座を受け継いだ。

そして三人目――新たな生徒会会計の座についたのは、楠 幸村《くすのきゆきむら》だった。

役員に空席がある場合、生徒会長は他《ほか》の役員の承認《しょうにん》を得て、生徒を役員に任命することができる。前々から葵と仲がよく、生徒会の手伝いをしていた幸村が新たな役員になるのは、ごく自然ななりゆきだった。

残る書記と庶務《しょむ》の座は空席のままだったが、来年度の新入生も視野に入れてゆっくり探していくとのことらしい。

俺《おれ》と夜空《よぞら》も、去年から引き続き生徒会の仕事の手伝いをしている。

雑用しかできない俺はともかく夜空はバリバリの主力として業務をこなしており、頑張っている葵の姿を見て手伝ってくれる生徒も多いため、正規メンバーは三人ながら、どうにか新体制の生徒会は回っていた。

葵は俺と夜空も役員に誘ってきたのだが、俺は「暴力事件起こした奴《やつ》をいきなり役員に据えたら、葵が他の生徒から反感を買うだろ。俺がもう一度学園でちゃんと受け入れられるようになって、そのときにまだ空席があったら誘ってくれ」と辞退し、夜空は「私は表舞台に立つより裏で権力を握りたい」などと言って断った。

ともあれ、生徒会との付き合いは来年度も続いていきそうだ。

「――私たちのために温かいお言葉を賜《たまわ》り、誠にありがとうございました。本日――」

葵《あおい》の送辞《そうじ》が終わって、卒業生代表として答辞《とうじ》を読み上げているのは前副会長の大友朱音《おおともあかね》さんだった。

内容はごく普通というか聞いていて少し退屈なお堅い文章なのだが、朱音さんは在校生の女子生徒たちから抜群の人気を誇るため、会場のあちこちで女子のすすり泣く声が聞こえてきた。

「……ぐずっ……うぅ……」

俺《おれ》のすぐ近くでも誰《だれ》かが声を殺して泣いている。

後ろは2年5組の女子生徒の列だから、同じクラスの誰かだ。

まさかな……と思いながらもちらりと左後ろに目線を向けると、ハンカチで目頭《めがしら》を押さえて泣いていたのは三日月夜空《みかづきよぞら》だった。

「……!!」

俺と目が合うと、夜空は顔を真っ赤にしてうつむいてしまった。

先代生徒会の活動では、朱音さんは夜空を頼りにしていたし、夜空も朱音さんを慕っているようだったから、泣いてしまうのも無理はない。

先輩の卒業式で泣く。

そんな、ある意味すごく普通っぽいことを、あの三日月夜空がしている。

そのことが本当に嬉《うれ》しくて——そして、どこか羨《うらや》ましく思っている俺がいた。

☺

卒業式がつつがなく終わり、卒業生が退場したあと、在校生は一度教室に戻ってほどなく解散となった。

これからは卒業する先輩に花束を渡したり写真を撮ったり制服のボタンを貰《もら》いに行ったり告白したりといった、本年度最後のリア充タイムというわけだ。

生徒会はこのあと体育館の片づけをしなければならないらしいので、それを手伝うために俺は再び体育館へ向かった。

片づけはまだ始まっていないようで、体育館にいたのは二人だけだった。

艶《つや》やかな黒髪でよく似た顔立ちをした二人の女子——三日月夜空と日高日向《ひだかひなた》。

「このバカ！　アホ！　クズ！　ゴミ！　カス！　うんこ頭！」

卒業式で見せた涙はどこへやら。

夜空にしてはひねりのないストレートな罵声《ばせい》を実の姉に向かって浴びせており、日向さんのほうは「そ、そこまで言わなくてもいいだろう……」としゅんとしている。

……日高日向《ひだかひなた》先輩は留年が決定していた。

あまりにも勉強ができなさすぎる日向さんは、せめて最後の期末テストで良い点を取ればどうにか卒業だけはさせてもらえるかもしれないということで夜空《よぞら》に勉強を教わっていたのだが、その甲斐《かい》なくテストは非常に残念な結果となった。

生徒会長が留年なんて事態は学園側も避《さ》けたかったところだろうが、「いくらなんでもこの成績で卒業させるわけには……」ということで留年が決まったらしい。

卒業式の最中、在校生側の席のすみっこでぽつんと座っている日向さんの姿には、とてもいたたまれない気持ちになった。同級生の卒業式を眺めるというのは一体どんな気分なのか、正直想像もつかない。とりあえず絶対に同じ立場にはなりたくないので、勉強頑張ろうと強く思った。

「人型単細胞生物！　動く鼻くそ！　制服を着た類人猿！　濃縮されたスポンジ頭！」

留年決定を知った夜空は怒り狂い、日向さんと顔を合わせるたびにこうして罵《ののし》っている。

「はあああああああ〰〰」

今にも泣きそうな顔で夜空が嘆く。

「姉と同級生なんて嫌だ〰〰〰〰〰〰〰〰〰〰〰〰〰〰〰〰〰!!」

　叫ぶ夜空に日向さんは快活《かいかつ》に笑い、

「はっはは、まあそう言うな妹よ。こんな機会はなかなかあるものでもないぞ」

「その呑気《のんき》さが腹立たしい！　絞め殺すぞニワトリ頭！　なぜ貴様はそんなにバカなんだ！　……そうだ、いっそ中退するというのはどうだ？　『美味天堂《メイウエイティイントン》』に就職が決まっていたのだろう？　料理屋に学歴は関係ないだろう」

「いやー、残念だが店長が『うちの料理はバカには極められん』と言って、ちゃんと卒業しなくては弟子にしてもらえないのだ」

「くっ……」

　夜空がこめかみを押さえて深々とため息をつく。

　そして覚悟を決めた顔になって、

「いいだろう……付け焼き刃の学習では、貴様レベルのバカはどうにもならないことがわかっただけでも収穫としよう……私は前向きに生きると決めたからな……」

「うむっ、やはり人間は前を向いて生きねばな！」

「貴様は少しは反省しろ！　……いいか糞虫《くそむし》。これから一年、小学校の勉強からみっちり叩《たた》き込んでやる。一定期間に目標の学力に達しなかった場合は爪《つめ》を剥《は》ぐ。爪が残っているうちに因数分解くらいはできるようになっているといいな」

「はっはっは、怖い冗談はよすのだ妹よ……」

完全に真顔で言う夜空《よぞら》に、日向《ひなた》さんが冷や汗を流す。

「私は喋《しゃべ》る毛穴汚れ相手に冗談を言う趣味はない」

「はは、ははは……」

「ちなみに爪《つめ》がなくなったら次は乳首をペンチで捻《ねじ》り千切《ちぎ》る」

「ひいっ！」

「……そういえば、爪を剥《は》ぐペンチと乳首を捻るペンチは別にした方がいいのかな……貴様はどう思う？」

「おお、妹が私に相談してくれた！　嬉《うれ》しい！　けど怖い！」

……会話の内容にさえ目を瞑《つむ》れば、傍目《はため》にはまあ、わりと仲の良い姉妹に見えた。

進級（326）

春休みが終わり、新年度がはじまった。

朝登校すると、学園の玄関前の掲示板に新しいクラスの名簿が貼《は》り出されており、人だかりができていた。

幼い頃《ころ》から転校続きだった俺《おれ》にとって、短期間で自分の所属するクラスが変わるのは当たり前のことで、知り合いの誰《だれ》と同じクラスになれるのかとか、誰がどのクラスになるかとか、そんなことはこれまで気にしたこともなかった。

しかし昨夜は、新しい日々に対する期待や不安が入り交じり、ソワソワしてほとんど眠れなかった。こんな気持ちで新学期を迎えるのは初めてで、とても新鮮だった。

友達や恋人と一緒のクラスになれたとか、人気のある担任のクラスになれたとか、逆に友達や恋人と離れてしまったとか嫌な担任のクラスになってしまったとかで喜んだり嘆いたりしている生徒たちの合間を縫って掲示板に近づき、ドキドキしながら自分の名前を探す。

ええと……羽瀬川《はせがわ》、はせがわ……さ、た……な…は……橋本《はしもと》、羽瀬…あった。

3年2組の名簿の中に、自分の名前を発見する。

担任は前と同じく麻田《あさだ》先生。誰《だれ》が同じクラスなのだろうかと上から順に眺めていくと、元2年5組の生徒の名前をちらほら見つけた。

三日月夜空《みかづきよぞら》、柏崎星奈《かしわざきせな》、神宮司火輪《じんぐうじかりん》、あと日高日向《ひだかひなた》（留年）の名前はない。

一番下に遊佐葵《ゆさあおい》の名前を見つけてホッとする。交流のある同学年の生徒で同じクラスになったのは、どうやら葵だけのようだ。

……そういえばクラス分けって、成績とか生活態度、交友関係を参考にして決められると聞いたことがある。生徒会長の葵と素行不良の生徒が一緒のクラスにされたのは当然なのかもしれない。

他《ほか》のクラスも確認したところでは、夜空が1組、星奈が4組、火輪と日向さん（留年）が5組となっていた。せっかく夜空と星奈が友達になれたのに、引き続き英語や体育の授業での「ペアを作って練習」には苦労しそうだ。

☺

3年2組の教室に入ると、俺《おれ》の姿に気づいた新しいクラスメートたちの顔が露骨《ろこつ》にひきつった。「ゲゲッ、あいつは……⁉」「え、もしかして同じクラス……？」「お、俺の青春が終わった……」などとネガティブ100％の反応のなか――

「あっ！　小鷹《こだか》くん！　今日から同じクラスですね！」

ちょこちょこと小走りに近づいてきて明るく声をかけてくれたのは、葵だった。

「お、おう、よろしくな」

ものすごく救われた気分になりながら、俺は葵に挨拶《あいさつ》を返した。このやりとりで教室がさらにざわつく。

「一緒のクラスになれて嬉《うれ》しいです！　これからも宜《よろ》しくお願いしますね！」

葵はぺこりと一礼して自分の席へと戻っていき、友達らしき少女たちとのお喋《しゃべ》りを再開する。

「ね、ねえ……もしかしてゆさゆさって、あの人と仲いいの？」

グループの一人が困惑の色を浮かべて、小声で葵に訊《たず》ねるのが聞こえた。

「はいっ！　小鷹くんはとても素晴らしい人なのですよ！　あ、もしかしてみゃーさん、小鷹くんのことを気になってたりしますか？　でも残念なことに小鷹くんにはもう可愛《かわい》いカノジョがいるのです」

ハキハキと大きな声で喋《しゃべ》る葵《あおい》に、少女たちは「そ、そうなんだ……へえ……」と微妙な表情を浮かべる。

俺《おれ》は恥ずかしくなって、急ぎ黒板に書かれた自分の席を確認し、席に座る。

そんな俺をちらちら見ながらクラスメートたちのひそひそ話は続くのだが、葵のおかげで嫌悪《けんお》の色は薄れているのがわかった。

不良という評判を完全に消すのは難しいだろうが、なんとなく、前のクラスよりはちゃんと馴染《なじ》めそうな予感がしていた。

部員募集（325）

三年生に進級した翌日の放課後。

隣人部の部室には、俺、夜空《よぞら》、星奈《せな》、理科《りか》の四人が集まって、以前までと同じようにそれぞれ思い思いのことをして過ごしていた。

俺は進級してさっそく出された数学の宿題。星奈は部屋のテレビでギャルゲー。理科はノートパソコンをいじっている。

夜空は、自分でカップにインスタントコーヒーの粉を入れ、お湯を注《そそ》ぎ、そのコーヒーをあまり美味《おい》しくなさそうな顔で飲んでいる。幸村《ゆきむら》が部をやめてしまったので、コーヒーを飲みたい場合は自分で入れるのだ。

そんな夜空を見ながら俺は、

「そういえば、うちは新入部員の募集はしないのか？」

新学期開始から二週間が、新入生の部活動選択期間となっており、一年生はその間に部活を見学したり体験入部したりして、正式に入部するクラブを決める。

この学園では部活動への参加は強制ではないし、選択期間が過ぎても入部することは可能なのだが、大部分はこの期間中に決めてしまう。そのため、今日は朝から学園のあちこちで熱心に部活の勧誘が行われている。

「部員募集か……」

コーヒーカップの中を見つめながら、夜空《よぞら》は思案《しあん》げな表情を浮かべた。

「……小鷹《こだか》は新入部員が入ってきてほしいのか？」

「俺《おれ》は……どうかな……」

「はっきりしないな」

不満げな夜空に、「すまん」と苦笑いでこたえる。

この部は去年夜空が創《つく》ったものだから、守るべき伝統なんてないし、部室に集まってダラダラしているだけの部活を来年度以降も存続させる意味はあるのかというと、正直、ないと思う。もちろん理科《りか》や小鳩《こばと》やマリアが、俺たちの卒業後も隣人部を盛り上げていこうと考えているなら協力するが、恐らく彼女たちにとって隣人部という『形』に大した意味はないのだと思う。

けれど、たとえ『部活』という形ではなくても、学校で浮いている友達もいないはぐれ者たちが気安く過ごせる空間――そんな優しい救いのような場所が、これからもあってもいい、あってほしいとは思っている。

しかし今の俺は、気安く過ごせる優しい世界の儚《はかな》さも知っている。

人間が二人以上集まれば必ず不和が生まれる。心地よい空間を維持するためには、誰《だれ》かが、あるいは誰もが、我慢したり妥協したりしなければならない。どうしても相容《あいい》れない者を、排除する必要だって出てくるかもしれない。

今の隣人部は、そうやって我慢したり傷ついたり傷つけたりした結果として築かれたものなのだ。

このまま、このメンバーで最後まで過ごしたい——それも偽《いつわ》らざる俺の本音だった。

「新入部員が入ってきてほしくもあるし、ほしくもない……と俺は思ってる」

我ながら煮え切らないが、しかしそうとしか言えなかった。

と、そこで、理科が口を開く。

「理科としてはですね……積極的に新入部員を勧誘する必要はないと思いますが……あの頃《ころ》の理科みたいな子のために、門戸だけは開いておいてもらえるといいかなーって思います。開かれた扉に踏《ふ》み込むか踏み込まないかは、まあその子次第という感じで」

「ふむ……そうか」

夜空はゆっくりうなずき、

「よし、では表だっての勧誘はせず、とりあえず部員募集のポスターだけは貼《は》っておくことにしよう！」

「ポスターって……あの『ともだち募集』って斜め読みを仕込んだ残念ポスターか？」

「ざ、残念ポスターとか言うな！」

夜空《よぞら》は心外そうに唇を尖《とが》らせ、

「……ポスターは私が新たに描《か》く。勧誘のメッセージも一新する。あのメッセージはもう
……役割を終えた」

どこか寂しげに言う夜空に、星奈《せな》と理科《りか》は不思議そうな顔をした。

勧誘の文章を新しくする理由が、なんとなく俺《おれ》には……俺だけにはわかった。

実は例のポスターには、『ともだち募集』の他《ほか》にもメッセージが隠れている。

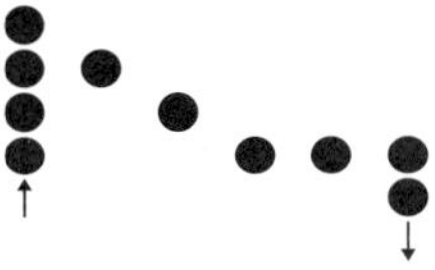

夜空が俺にだけ宛《あ》てた私信。ささやかなアピール。

斜め読みと違って決まった法則はないため、「タカ」と「ソラ」という名前を知らなければ決して気づかないメッセージ。

あの隠しメッセージは、既に役割を終えたのだ。

「ではさっそくポスターの構想を練るとしよう。前回よりも遥《はる》かにクオリティーアップした傑作《けっさく》を描いてやるから楽しみにしているがいい！」

力強く宣言する夜空に、俺は一抹《いちまつ》の寂しさを覚えつつ「頑張れ」と告げた。

☺

そして翌日の放課後。

「見ろ！　これが、新・新入部員募集ポスターだ！」

夜空がドヤ顔で突き出してきたポスターには、例によってアレなイラストとメッセージが描かれていた。

隣人部

リンカーンの如き信念で進み、
リア王の如き苦難にも挫けず、
月が充ちるように着実に、
いつかは理想へたどり着くと信じて。
道半ばで死すことがあろうとも、
共に積み重ねた日々は永遠に生き続ける。

活動場所：礼拝堂談話室4

「へえ……」

意味はよくわからないがなんとなくいいことを言っているように思えたので、俺《おれ》が素直に感心していると、

「今回は『リア充は死ね』ですか」

ポスターを見ながら理科《りか》が言った。

「ふっ……」

夜空《よぞら》がますます得意げな顔をする。

「……え？　リア充……？」

怪訝《けげん》に思って再度ポスターを注意深く見ると、俺もその隠されたメッセージに気づいた。

前回の「ともだち募集」と同じく、斜めに読むと——。

リア充は死ね

まがりなりにも部活の趣旨《しゅし》を表現していた前回から大幅に悪化し、ただの私怨《しえん》と化していた。

「……またしても変なネタ仕込みやがって……」

「変なネタではないぞ小鷹《こだか》。この隠されたメッセージに気づけるのは、常にリア充を憎んでいるような灰色の青春を送っている者だけだ。我が隣人部は、そんな選ばれし者にのみ門戸を開こう」

「……『リア充は死ね』って書かれたポスター見て入部したいと思うような奴《やつ》とは、あんまりお近づきになりたくないな……」

と、そこで、そういえば去年も夜空《よぞら》と同じような会話をしたことを思い出し、思わず苦笑が漏《も》れた。

夜空のほうも同じだったのか、懐《なつ》かしげに微笑《ほほえ》んだ。

去年の六月、あのポスターを見て、星奈《せな》がやってきた。そして夜空と友達になった。

もしかするとこのポスターも、そんな奇跡を引き起こしてくれるかもしれない。

「んじゃ、さっそくこれを貼《は》りに行こうぜ」

こうして、三年生になって初めての隣人部の活動は始まった。

☺

そして――……。

ポスターを貼って二週間が経《た》ち、部活動の選択期間が終わっても、新たに隣人部にやってくる生徒は一人もいなかった。奇跡は起きませんでした。

夜空は「よかった……リア充を憎むような新入生はいなかったんだ……」などと穏《おだ》やかな口調で宣《のたま》っていたが、その顔は少し悔しそうだった。

母（302）

「わたくしの母上と会っていただけませんか」

幸村《ゆきむら》にそう言われたのは、四月の下旬、ゴールデンウィークが始まる少し前の昼休みのことだった。

「ぶっ」

驚いて食べていた卵焼きを噴き出す俺《おれ》。

「は、母上と会うって……え、ええ!? な、なんで？」

幸村と付き合うことになった去年のクリスマスイヴから、はや五ヶ月。

昼休みに食事をしたり放課後生徒会の仕事をしたりと、学年は違うが学校で一緒に過ごす時間は多い。

休みの日にはたびたび買い物や図書館や映画やカラオケや卓球やボウリングやゲームセンターといった高校生らしい健全なデートをして、何度かチュウをしたりもした。

デート中も幸村は普段と同じように、あまりはしゃいだり大口を開けて笑ったりはしないが、俺といるときの彼女はいつも幸せそうで、そんな彼女を見ていると俺も幸せな気持ちになる。

幸村の好きな戦国時代モノの作品を教えてもらって読んだり、俺も自分が好きな三国志モノの作品を薦《すす》めたり、武将グッズをプレゼントしあったり。卓球やボウリングでは意外と負けず嫌いで俺がギブアップするまで勝負させられたり、デジタルゲーム全般が得意でゲーセンで対戦しても俺ではまるで歯が立たなくて幸村のスーパープレイを後ろから見ているだけになりがちだったり。

幸村のことを知れば知るほど、ますます可愛《かわい》いと思うようになっていった。

正直自分でもびっくりするくらい、幸村との交際は上手《うま》くいっている……と思う。

上手くいっているからこそ——そろそろ次の段階に進んでもいいんじゃないかな、どうかな、どうなんだろ？　一般的には、付き合ってどれくらい経《た》てばそういうことに発展してもいいんだろうか……？　去年ステラさんにもらって財布の中に入ったままになっているアレの出番がついにやってくるのか……!?

……なんてことを真剣に悩みはじめた矢先に、冒頭の幸村の台詞《せりふ》である。

交際相手の親と会う——これは家族を交えた付き合いを始めるということであり、いずれはお互いがお互いの家族の一員へと、つまり、まさか、

「**ケ、ケッコン!?**」

「？」

狼狽《ろうばい》する俺《おれ》に幸村《ゆきむら》はきょとんとして首を傾《かし》げた。

「い、いや、ええと……とりあえず詳しく聞かせてくれ」

「はい」

幸村は頷《うなず》き、淡々と説明を始める。

「わたくしが小鷹《こだか》先輩とおつきあいを始めたことを母上にご報告したところ、ぜひともお会いしたいと申《もう》しておりまして。去年からずっと『ですまーち』でなかなか時間がとれなかったのですが、どうにか修羅場《しゅらば》が終わり、ごーるでんうぃーくに久しぶりにお休みがとれることになったので、この機会にぜひとも小鷹先輩を家にお連れするようにと言われました。母上のたっての願いですゆえ、わたくしとしても叶《かな》えてさしあげたいのですが、いかがでしょうか」

「お、おう。べ、べつに……いいぞ、うん、なんの問題もない」

どうやらそこまで大袈裟《おおげさ》な話ではなく、娘が付き合っている相手がどんな奴《やつ》なのか確認しておきたいという親心なのだろう。

緊張するのは変わらないが、俺も幸村が育った環境には興味があった。

以前、幸村のお母さんが何をしている人なのかと訊《たず》ねたら、ゲーム会社の社長とのことだった。

　どこかお嬢様っぽいところがあるとは思っていたし、スマホが常に最新のだったりゲームがやたら上手《うま》かったり金銭感覚が大雑把《おおざっぱ》だったりと、いろいろ思い当たるフシはあったが、まさか幸村が社長令嬢《れいじょう》だったとは驚きである。

　そのことをさらに理科《りか》に話したところ、

「え……？　ゲーム会社の女社長で楠《くすのき》……って、まさか『天下一ゲームス』の楠姫子《ひめこ》社長ですか⁉　『戦国ＲＡＮＳＥ』を生み出した⁉」

「あー、たしかそんな名前のゲームを作ってるって言ってたな」

「ま、まじでござるか……」

「……もしかして、けっこう有名な人なのか？」

「有名もなにも！」

　興奮で唾《つば》を飛ばして理科はまくし立てる。

「腐女子界隈《かいわい》で『戦国ＲＡＮＳＥ』を知らない人間など一人もいません！　そしてそれを生み出した天才クリエイター楠姫子社長・通称『楠姫《くすのきひめ》』と言えば、いわば創造主《そうぞうしゅ》！　いわゆるゴッド！　腐女子だけでなく男性ゲーマーにもアイドル的人気を誇り、某ゲーム雑誌のアンケートによれば『好きな女性ゲームクリエイター』ランキングで五年連続一位を獲得しているほどのカリスマクリエイターで、ぶっちゃけ理科《りか》の尊敬する人ベストファイブに入ってる！」

「お、おう……」

理科の勢いにちょっと引いてしまう俺《おれ》。

「……ちなみにお前の尊敬する他《ほか》の四人って？」

「ニコラ・テスラとフォン・ブラウンと平賀源内《ひらがげんない》とノーベル」

「そこに並ぶレベルなのかよ！　……そういや、エジソンは入ってないんだな。発明王なのに」

「あいつは勝ち組リア充野郎なので、凄《すご》さは認めますが尊敬はしてません」

理科は吐き捨てるように言い、さらに悔しげに、

「クッ、天下一ゲームスの本社がこの県にあることは知ってたけど、まさか幸村《ゆきむら》くんのお母さんがそうだったなんて……志熊《しぐま》理科一生の不覚でござる……！」

……よくわからないが、ともかく業界ではかなりの有名人らしい。

さらに後日、幸村のお母さんに会うことを理科に伝えると、

「…………できれば、理科の『戦国ＲＡＮＳＥ３　猛将伝』のソフトに楠姫《くすのきひめ》のサインをもらってきてくれないかな……？」

「……そこまでファンなら幸村に頼んで直接会いに行けばいいのに」

「それはやだ」

拗《す》ねたようにぷいっと顔を背《そむ》ける理科が可愛《かわい》かった。

☺

そんなわけで五月初旬、ゴールデンウィークのある日。

俺はカノジョである楠幸村の家へと赴いたのだった。

十五階建てのマンションの最上階。

管理人と警備員が常駐《じょうちゅう》しており防犯カメラやオートロックなどのセキュリティも万全な、この街では有数の高級マンションである。

「どうぞお上がりください、小鷹《こだか》先輩」

「お、お邪魔します……」

幸村に案内され、俺は緊張しながら楠家の中へと入った。

絨毯《じゅうたん》の敷き詰《つ》められた廊下を歩き、リビングへと通される。

ソファに一人の女性が座っており、俺たちが入ると立ち上がって振り向いた。

年齢は二十代半ばほどだろうか。亜麻色の髪にすらりとした体躯《たいく》の、柔和かつ知的な顔立ちの美人で、どことなく幸村《ゆきむら》と似た印象がある。

パリッとしたスーツ姿で、いかにも『デキる女性』という出《い》で立《た》ちだが、家の中なのにこの格好は少し違和感があった。

たしか幸村は一人っ子のはずだが……もしかしてそれは俺《おれ》の記憶違いで、お姉さんがいたのかな……？　なんて思っていると、

「母上、小鷹《こだか》先輩をお連れしました」

幸村の言葉に驚愕《きようがく》する俺に、目の前の女性は丁寧にお辞儀し、

「はじめまして。幸村の母、楠《くすのき》姫子《ひめこ》です」

「は、はい！　はじめまして！　ええと俺、いえ、僕は、幸村…さん、とお付き合いさせてもらってます、羽瀬川《はせがわ》小鷹です！　こ、このたびはお招きにあずかり、あ、ありがとうございます！」

ガチガチに緊張して上擦《うわず》った声で挨拶《あいさつ》する俺に、幸村の母・姫子さんは落ち着いた声音でソファに座るよう促《うなが》し、俺は言われたとおりにする。

「母上、お茶を入れてまいります」

そう言って幸村がキッチンのほうへ行ってしまい、俺は姫子さんと二人で向き合うこと

になる。

「……娘が大変お世話になっております」

どこか威圧するような目を向けながら、姫子さんが言う。

「い、いえ、こちらこそ」

「…………」

姫子さんは押し黙り、無言で俺をじっと見つめてきた。

気まずさに耐えられなくなって、俺はとりあえず気になったことを口にする。

「い、家でもスーツなんですか？」

すると姫子さんはどこかばつが悪そうに、

「……人前に出られる服がメディアインタビュー用のスーツしかないのよ」

「母上は家や会社ではいつもじゃーじなのです」

お茶を運んできた幸村が言った。

「マジですか……」

夜空《よぞら》と日向《ひなた》さんに続いてここにも美人ジャージストがいたのか……。

「……服なんてフォーマル一着とジャージがあればいいのよ」

姫子さんが拗《す》ねたように言う。こういう表情をすると、ただでさえ若々しい顔がさらに幼く見えるな……ネットで調べたところでは、年齢は俺《おれ》の父さんや天馬《ぺがさす》さんよりも少し上だったのだが……。

「……羽瀬川《はせがわ》くん。私からも訊《き》いていいかしら」

微妙に睨《にら》むような眼差《まなざ》しで姫子《ひめこ》さんが言う。

「は、はいっ、なんでしょう！」

「……その髪はいつから染めているの？」

「あ、いえ、これは――」

俺はこの髪が地毛であることや、自分の家庭環境をざっと説明した。

それを聞いた姫子さんは、

「……そうだったの……失礼なことを言ったわね……。実は昔なんというか……そういう感じの見た目をした酷《ひど》い男がいたから、つい警戒してしまったの。本当にごめんなさい」

本心から申《もう》し訳なさそうに頭を下げる姫子さんに、

「い、いえ、そんな気にしないでください！　わかってもらえただけで十分ですから！」

俺は慌《あわ》ててそう言った。

さらに俺たちは幸村《ゆきむら》も交えて、学校生活のことや、デートでどこに行ったかなどを話した。

　俺たちの交際状況を一通り聞いたあと、姫子さんはとても真剣な顔になり、

「……羽瀬川くんが真面目《まじめ》な子だということはよくわかったわ。けれどやっぱりお母さんとしては心配なの……」

「なにがでしょうか、母上」

「ほら……あなたたちはまだ若いから……その、勢いに任せて、ね……」

「せっくすしてしまうのではないか、と?」

　顔色一つ変えず淡々と言った幸村に、姫子さんが赤面して頷《うなず》く。

「そ、そうよ。……は、羽瀬川くんとのお付き合いを反対しているわけではないの。でもやっぱり、そういうことは……もっと時間をかけてお互いを知って、本当に信頼しあった関係でないと……」

　俺は顔が熱くなりながらも、真剣に姫子さんの話に耳を傾ける。

　姫子さんの言葉にはどこか切実な響きがあり、心の底から幸村のことを心配しているのだと伝わってきた。

　そんな母に幸村《むすめ》はド直球で、

「では母上、わたくしはいつから小鷹《こだか》先輩とせっくすしていいのでしょうか?」

「い、いつから!?　そ、そうね……ええと……」

姫子《ひめこ》さんは困った顔で目を泳がせ、

「……………そうね……せめて一年間。一年間は清い交際を続けて、それからよく考えて判断しなさい。いいわね？」

「わかりました。それまでがまんします」

幸村《ゆきむら》がゆっくり頷《うなず》き、俺《おれ》も少し遅れて「は、はいっ！」と上擦《うわず》った返事をした。

……それから俺たちはリビングの大きなテレビで、来月に発売されるという『戦国ＲＡＮＳＥ』の最新作を遊ばせてもらった。

このゲームについてはＴＶＣＭでなんとなく見かけたことがあるくらいでほとんど知らなかったのだが、実在した戦国武将がイケメン化した上にぶっとんだキャラ付けがされており、たしかに理科《りか》が好きそうな感じだった。

特にシリーズの最初からずっと主人公格を務める伊達政宗《だてまさむね》のキャラはユニークで、容姿は女性と見紛《みまご》うほどの金髪の美少年、銃と刀を自在に操る『独ガン流』の達人であり、眼帯を外すと封印された竜の力が蘇《よみがえ》る。

どうしてこんなキャラを思いついたのか姫子さんに訊《たず》ねると、姫子さんがまだ大学生だった頃《ころ》——つまり二十年ほど前、眼帯をつけて大仰なしゃべり方をする金髪の美少女を街で見かけたのがずっと印象に残っていたらしい。

「……二十年前にも小鳩《こばと》みたいな奴《やつ》がいたんだなあ……」

自分でもなぜかよくわからないが、俺は妙な感慨《かんがい》を覚えるのだった。

……幸か不幸か、そのパツキン眼帯少女が何者だったのかを俺が知ることは、永遠にならなかった。

マリア叔母さん化フラグ（271）

ある日の放課後、学園でケイトに会い、「日曜に天馬《ぺがさす》さんと一緒に釣りに行くんだけど、お兄ちゃんもどうだい？」と誘われた。

ケイトには去年の十二月、告白のようなそうでもないような微妙なラインのことを言われたのだが、それっきり特に何もなく、こうして気軽に話せる関係が続いている。

「釣りかー……俺《おれ》、竿《さお》とか何も持ってねえんだけど」

「大丈夫。天馬さんがいっぱい持ってるから貸してもらうといいよ」

「そっか。じゃあ行く」

俺が軽くＯＫすると、ケイトは「よっしゃー」とはにかみ、それからからかうように、

「でもいいのかな？　日曜はカノジョさんとデートしてあげなくても」

「ん？　ああ、幸村《ゆきむら》とは土曜日に出かけるから日曜は大丈夫だ」

「そ、そうなんだ」

ケイトの顔が少し赤くなった。

「らぶらぶ、なんだねお兄ちゃん……」

「ラブラブってお前な……」

なんとなく口にするのが恥ずかしい言葉に、俺も顔が熱くなった。

「はあ～、わたしも恋とかしてみたいもんだねえ」

ケツをぽりぽり掻《か》きながら言うケイト。

「……そういうオッサンぽい仕草とかやめれば、彼氏くらいいくらでも作れるだろ」

ジト目を向ける俺にケイトは苦笑して、

「ん～、男なら誰《だれ》でもいいってわけじゃないからね～」

「……理想のタイプとか、そういうのあるのか？」

「んー、そうだねえ……。……たとえば目の前で屁《へ》をしても軽く笑って受け止めてくれるような包容力のある……甘えさせてくれる……優しいお兄ちゃん……いや、お父さんみたいな人、かな……」

ケイトは妙に真面目《まじめ》な声音で言って、それからハッとなり、

「な、なーんちゃって！　それじゃ日曜日、楽しみにしてるよ！」

誤魔化《ごまか》すように笑い、駆け足で去って行った。

☺

そして数日後――六月上旬のよく晴れた日曜日。

俺《おれ》はケイトたちと川で鮎《あゆ》釣りをしている。

永礼川《ながれ》――遠夜市《とおやし》を横断して流れるこの大きな川は鮎釣りの名所として知られ、五月に鮎釣りが解禁されてからはあちこちで釣り人が糸を垂《た》れているのを見かける。

一緒に来ているのは高山《たかやま》ケイト、柏崎《かしわざき》天馬《ぺがさす》、そして俺の父・隼人《はやと》の三人。

父さんも学生時代、天馬さんと一緒によく釣りに行っていたらしく、俺が釣りに行くと知ると「んじゃ、久しぶりに俺も行くかー」と一緒に来ることになった。

天馬さんはいつもの着流しではなく、ウェットスーツにフィッシングベスト、帽子にサングラスという「ザ・釣り人」といった感じの本格的な格好で、川の真ん中に入って釣っている。開始して一時間ほどだが、天馬さんは既に何匹もの鮎を釣り上げていた。

「ザキー、あんまり張り切りすぎんなよー」

「べ、べつに張り切ってなどおらんわ！」

父さんの言葉に、天馬さんは顔を赤くして応《こた》えた。

俺と父さんとケイトは、川の中には入らず川岸で釣り糸を垂らしている。

格好も、天馬さんのような本格的な格好ではなく普通の長袖《ながそで》姿。シスター服ではないケイトの服装はなかなか新鮮だった。

ここ数日晴れた日が続いたので、今日の永礼川の流れは緩《ゆる》やかで水も澄《す》んでいる。

子供のころ父さんと釣りをしたときは退屈でつまらなかった記憶があるのだが、こうして川の流れを見つめながら釣り糸を垂れていると、とても穏《おだ》やかな気分になる。

こんな時間も悪くないな――……

「よっしゃーっ、フィーッシュッ！」

「おっ、やるねえケイトちゃん」

「はは、そう言う羽瀬川《はせがわ》パパも、もう何匹目でしたっけ？」

……………悪くないな、と最初は思っていたのだが。

天馬さん、ケイト、父さんが次々に鮎を釣り上げているというのに、俺の釣果《ちょうか》は未《いま》だにゼロ匹。

「むむ……」

同行者たちが全員爆釣《ばくちょう》なのに、なぜか俺だけがボウズというのはなんか……すごくモヤっとする。

「いやー今日は絶好調だねえー！　こんなよく釣れるのは珍し――あ……」

笑顔で釣った鮎をバケツに入れるケイトは、俺と目が合って気まずそうな顔をした。

「あはは、まあ、戦いはまだ始まったばかりさー。気楽にいこうお兄ちゃん」

「おう……。……なあ、なんかコツとかないのか？」

俺《おれ》が訊《たず》ねると、

「うーん、コツねえ……うんコツ……うんこ……うんことといえばマリア……」

「いや今はうんこもマリアの話もいいから」

「んー、強《し》いて言えば、雑念を払うことかな。余計なことを考えず、無心になって糸を垂《た》らすのさ」

「…………」

そういう精神論もいいから……と思ったが、しかし雑念があると言われると心当たりはあったりする。

幸村《ゆきむら》との交際について。幸村と理科《りか》の不仲について。未《いま》だ消えてくれない理科への想《おも》いについて。受験や将来の夢について。夜空《よぞら》や星奈《せな》や小鳩《こばと》について。

考えることは山積みで、それが釣り糸から伝わってしまうのかもしれない……。

「無心か……難しいな……」

「そう難しく考えなくてもいいよ。川や遠くの景色を見ながらぼけーっとしてれば、自然に無心になってるもんさー」

笑いながらケイトは再び釣《つ》り竿《ざお》を手に取ろうとして、

「――ひゃっ!?」

足を滑らせてバランスを崩した。

危ない――！

「うおっと」

転びそうになったケイトを抱き寄せるようにして助けたのは、父さんだった。

「大丈夫かい？」

「あ、はい……ありがとうございます」

顔を赤くしてケイトは礼を言った。

「ん。気をつけなよ」

ケイトの頭を軽く撫《な》で、落とした釣り竿を拾う父さんを、ケイトは妙に熱っぽい眼差《まなざ》しで見つめていた。

☺

結局それから一時間以上続けても俺の釣り針に魚がかかることはなく、諦《あきら》めた俺は他《ほか》の

人が釣った鮎《あゆ》を料理する役目にまわった。

天馬《ぺがさす》さんは金網や天ぷら鍋《なべ》、包丁、塩や油なども準備してきており、釣ったばかりの鮎を塩焼きや天ぷらにしてその場で食らう。めちゃくちゃ美味《おい》しい。……これが自分で釣ったものなら、もっと美味しかった気がするけど。

午後三時くらいまで釣りや食事を堪能《たんのう》し、俺《おれ》たちは帰り支度を始めた。

「いやー、今日は楽しかったねーお兄ちゃん」

ゴミ袋にゴミを集めていると、ケイトが話しかけてきた。

「ああ、楽しかった」

俺は釣れなかったけど、楽しかった。子供には退屈だと思ってマリアと小鳩《こばと》は連れてこなかったが、釣った魚をその場で食べるのは最高なので今度は一緒に来よう。

「と、ところでお兄ちゃん」

「ん？」

「……妹はもう間に合ってるだろうけど……新しいお母さんは欲しくないかな？」

「ん？　…………んん!?!?!?」

ちらちらと横目で俺の父さんを見ながら頬《ほお》を赤らめているケイトに、俺の頭に無数の疑問符が浮かんだ。

　この日以降、ケイトはマリアをダシにたびたび羽瀬川家《はせがわけ》にやってきて食事を作ったり、時には父さんと二人で釣りに行ったりするようになるのだが……マジでどうなるんだこれは……。

小鳩《こばと》とマリア（246）

　ある夜、俺《おれ》がいつものように部屋で勉強をしていると、父さんが部屋にやってきた。

「よう。ちゃんと勉強してるか？」

「ん。まあ」

　何の用だろうと訝《いぶか》りつつも頷《うなず》く俺。

「受験勉強か？」

「ああ」

　俺が今やっているのは学校の宿題ではなく、二年生のときの数学の復習だ。

　梅雨が明け、季節は初夏。

　全国の高校三年生が、ぼちぼち本格的に受験勉強を始めるシーズンである。

「ん。感心感心」

　ノートをのぞき込み、父さんは頷いた。

　ちなみに父さんには、俺の将来の目標が学校の先生で、大学は教育学部を受験することを既に伝えてある。特に反対もなく、普通に「頑張れよ」と応援してくれた。

「小鷹《こだか》。学校の勉強はちゃんとついていけてるのか？」

「ん、まあ……一応。……予習復習しっかりやんないとけっこう厳しいけど」

俺《おれ》の答えに父さんは「そうか……」となにやら難しそうな顔をして、さらに「そうかあ……」とため息とともに言った。

「……お前はまあ、なんかしっかりしてるからいいんだけどな……むう……」

「……結局何の用なんだよ？」

いまいち要領を得ず俺が訊《たず》ねると、父さんはボソリと囁《ささや》くように、

「……小鳩《こばと》は、クロニカ高等部の勉強についていけると思うか？」

「……！」

答えはすぐ浮かんだが、俺はしばし押し黙り、

「…………正直、厳しいと思う」

俺の学力は、全国的に見れば中の上程度だろう。そんな俺が毎日の予習復習を欠かさずやって、ようやく授業についていけている。

対して小鳩は、ぶっちゃけアホの子である。昨年度の前期試験でも後期試験でも赤点とって補習を受けてたし。

中等部の時点でこれでは、さらにレベルの上がる高等部の授業についていくのは厳しい

と判断せざるをえない。

「やっぱ厳しいかー。だよなあ……」

父さんは深々とため息をつき、

「なんか……やっぱ小鳩は、クロニカの高等部じゃなくて、なんか他《ほか》の高校に行かせるべきかねえ」

クロニカ学園の中等部から高等部へはエスカレーター式なので、進学するだけならば小鳩でもどうにかできるだろう。理事長にコネもあるし。

しかし進学したあとで授業についていけないことが目に見えているのなら――

「……俺もそっちのほうがいいと思う」

俺が父さんの言葉に賛成したそのとき、

「や!!」

部屋の入り口から叫び声が響いた。

俺と父さんが慌《あわ》てて振り向くと、伏し目がちに小鳩が部屋に入ってきた。

「こ、小鳩……聞いてたのか……」

父さんがばつが悪そうに頭をかく。

小鳩《こばと》はそんな父さんを上目遣《づか》いで見上げ、

「う、うちは……こ、高等部、行く……」

詰《つ》まり詰《つ》まりながらもはっきりと自分の意志を伝えた。

父さんは困った顔になり、

「うーん、でもなあ小鳩……なんか学校っつーのは、無理にいいトコ行くより、自分のレベルに合ったとこで頑張った方が――」

「行くの！」

父さんの言葉を遮《さえぎ》り、泣きそうな顔で小鳩が言った。

「……小鳩。お前が高等部に進んだとき、俺《おれ》はもう卒業してるんだぞ？　俺は留年とかしねえし絶対……」

念のために俺が言うと、小鳩は「わかっとる」と小さく呟《つぶや》いた。ふむ……。

「……どうしても高等部に行きたいのか？」

「ん」

頷《うなず》く小鳩。

「……なんでだ？」

「…………」

小鳩はしばらくうつむいたまま沈黙し——

「…………………友達がいるので」

顔を赤くして、小声でそう答えた。

「ん？　なんだって？」

空気読めないこの台詞《せりふ》は俺じゃなく父さんのものだ。バカ親父《おやじ》……。

すると小鳩は顔を上げ、キッと父さんを見据《みす》え、

「友達が‼　いるので‼」

今度は聞き逃しようもないほど大きく、力強い声で。

世界中に向けて誇るかのように、そう叫んだのだった。

☺

それから小鳩と父さんと俺は、小鳩の進路について話し合った。

「そっかー……。ま、友達は大事だよなあ……」

二十年以上もの付き合いがある親友のいる父さんは、まざまざと実感のこもった顔で呟《つぶや》いた。

コクコクと勢いよく頷《うなず》く小鳩《こばと》に父さんは、

「だが、学校ってのは友達となんかやるためだけの場所じゃねえ。特に高校なんか、義務教育じゃねえんだしな」

「……あう」

小鳩の顔がぐんにょり歪《ゆが》む。

「……だから条件を出す。それを達成すれば、お前の希望どおり高等部に進学させてやる」

「……！」

父さんが出した条件とは、『前期の期末試験で赤点を一つも取らず、三つ以上の教科で平均点を超える』というものだった。

中等部は高等部と同じく二学期制のため、前期の期末試験は夏休み後の九月に行われる。今からしっかり勉強すれば決して難しくはない条件のはずだ。

……しかしそこは小鳩である。

家で勉強する習慣などさっぱり身についておらず、夏休みは宿題もやらずに遊びほうけて隣人部のメンバーに迷惑をかけ、冬休みの宿題も最終日までほったらかしで父さんに手伝ってもらっていた。

　そんな小鳩に平均点を取らせるにはやはり——優秀な先生を付けるしかない。

　というわけで、翌日の放課後。

「……べつにかまわないぞ」

　図書室で日向《ひなた》さんに勉強を教えていた夜空《よぞら》に、小鳩のことをお願いすると、二つ返事で引き受けてくれた。

「よかった。お前だけが頼りだったんだ」

　小鳩は夜空に懐《なつ》いているし、夜空の教え方は上手《うま》い。これ以上の適任者はいないだろう。

「ふん」夜空は少し顔を赤くして鼻を鳴らし、「……ちょうどこの馬鹿《ばか》にも中三の範囲をやらせていたところだったしな。いっそ煌《すめらぎ》と競わせてみるのもいいかもしれない。競争相手がいれば少しは励《はげ》みになるかもしれん……」

「はは、いくらなんでも小鳩と高三（二周目）の日向さんじゃ勝負にならないだろ」

　真面目《まじめ》な顔で言った夜空に俺《おれ》が笑うと、夜空はゴミでも見るような視線を日向さんに向け、日向さんは問題集を見つめたまま冷や汗を垂《た》らした。ええー……。

「……あの、日向さん……ちゃんと俺たちと一緒に卒業できますよ、ね……？」

「…………」

日向《ひなた》さんはしょんぼりとうなだれ、なにも答えなかった。マジかー……そこまでアレだったかー……。

昨夜の父さんの言葉が思い出される。

学校は自分のレベルに合ったところで頑張ったほうがいい——日向さんがそのことを身をもって証明していた。

☺

夜空《よぞら》に話をつけたあと、俺《おれ》はさらに礼拝堂周辺のゴミ掃除をしていたというかサボって地面にうんこの絵を描《か》いていたマリアにも声をかけた。

夜空本人も受験生だからずっと日向さんと小鳩《こばと》にかかりきりというわけにはいかないだろうし、もう一人先生を付けるとしたらマリアしかいないと思った。

なぜなら——、

「えー？　ワタシうんこ吸血鬼の勉強なんてみたくないぞ」と、マリアは最初は嫌そうな顔をした。

「……実は今度の期末試験で平均点以上を取らないと、小鳩は高等部に進学させてもらえなくなるんだ」

「エエー!?　そ、それは大変なのだ！」

「だから頼む。あいつは高等部に通いたがってるんだ」

「ムムー。しょーがないなー！　アイツはほんとにしょうがない奴《やつ》なので、ちゃんとずっと天才のワタシがあのうんこをしっかり導いてやらないとダメなのだ！　だから絶対、アイツを高等部にこさせてやるのだ！」

「ああ、頼むぞマリア」

「わかったのだっ！」

なぜなら――マリアは小鳩の友達だからだ。

俺たち高等部組があれこれ迷い道をしたりいがみ合ったりしていた横で、マリアと小鳩は真《ま》っ直《す》ぐにケンカして、真っ直ぐに友達になっていった。

『友達を作る』という隣人部の目標を最も早く実現させたのは、年少の二人だった。

「お兄ちゃん！　うんこ吸血鬼は今どこにいるのだ!?」

「さっき中等部を出たところだってさ。今頃《いまごろ》バスでこっちに向かってるだろ」

「そっかー！　じゃあもっと急いで来るように言ってやるのだ！　お兄ちゃん電話かして

電話！」

……幼女シスターと、中等部の転入生。

普通なら出逢《であ》うことのなかった二人が出逢い、友達になった――。

それはもしかしたら、隣人部という変な部活の、一番の功績なのかもしれなかった。

神剣ゼミ（239）

小鳩《こばと》が期末試験の勉強を本格的に開始して一週間が過ぎた。

本人や夜空《よぞら》やマリアにそれとなく調子を訊《たず》ねてみたところ、

「ククク……我が魔力が完全に復活し、アカシックレコードにアクセスすることが可能になりさえすれば、神の試練など恐るるに足らぬわ……」

「……バカ子よりは見込みがないこともない。少なくとも九九はできるし、難しい漢字も知っている」

「うんこ！」

とまあ、あまり芳《かんば》しくはないらしい。

俺《おれ》にもなにか小鳩のためにできることはないだろうか……三日前、気合いを入れて夜遅くまで勉強していた小鳩《こばと》に夜食のラーメンを作ってやったのだが、腹が満たされた小鳩はすぐに寝てしまった。今後夜食の差し入れはやめておこう。

……夕方、そんなことを考えながら何気なく自宅の郵便受けの中身を確認していると、『羽瀬川《はせがわ》小鳩様』宛《あて》の一通のダイレクトメールが目にとまった。

「ええと……『神剣ゼミ』中学講座……今ならまだ間に合う！　偏差値20アップも夢じゃない！　受験勉強の最強武器《エクスカリバー》で、志望校への壁を打ち破れ！」

要するに『神剣ゼミ』という通信教育の案内だ。これまでも何度かポストに入っていたことがあるのだが、ずっと封を開けることもなくゴミ箱に捨てていた。

中学講座の案内の他《ほか》に、俺《おれ》宛に高校講座の案内も届いており、宣伝文句も同じような文面だった。

受験勉強の最強武器で、志望校への壁を打ち破れ！　か……。

小鳩の期末試験も心配だが、俺の受験も安心とは言い難《がた》い。停学になったこともマイナスに響くだろうし……。本当に偏差値が一気に20も上がる方法があるのなら、ぜひ教えてほしいものだ。

家の中に入り、期待せずに『神剣ゼミ』高校講座の案内の封を開けてみると、中には申込用紙の他に、小冊子が入っていた。

冊子には漫画が描《か》かれており、どうやら教材の内容を漫画仕立てでわかりやすく解説してくれるらしい。

漫画の絵柄は少し少女漫画っぽく、絵のクオリティはかなり高い。もしかしたらプロの漫画家が描いているのかもしれない。

力が入ってるなあと感心しながら、俺は漫画を読み始めた――。

高校1年から3年の夏まで部活一筋で頑張ってきた主人公・正宗《まさむね》（清潔感のあるイケメン）は、夏の大会が終わり受験勉強を始めるのだが、思うようにいかず模試の結果も散々だった。

それに対して、同じ部活のライバルだった同級生・虎徹《こてつ》（ワイルドなイケメン）は模試でA判定。

「あいつも部活ばっかりやってたのに、いつの間にこんなに差が……!?」

ショックを受ける正宗に追い打ちをかけるように、彼が長年想《おも》いを寄せてきた幼なじみのクラウ・ソラス（金髪碧眼《へきがん》の美少女）に虎徹が告白し、クラウが「返事は少し待って」と言いながらも顔を赤らめてまんざらでもなさそうにしているのを目撃してしまう。

傷つき、なにもかもイヤになった正宗は、勉強もせず放課後ぶらぶら遊び歩いていたが、そこへ虎徹《こてつ》が登場し、正宗《まさむね》を叱咤《しった》する。

「こんなところでなにやってんだよ正宗！」

「ほっといてくれよ！　部活を引退した俺《おれ》なんか、ただの頭の悪い落ちこぼれだ……」

「俺の知ってる正宗はそんな情けない奴《やつ》じゃなかった！」

「なんとでも言えよ！　俺はもうダメなんだ！　お前と違って模試の結果は散々だったし、クラウも俺なんかよりお前のほうが――」

「この馬鹿《ばか》野郎！」

虎徹は正宗を殴り、

「……俺が変われたのには、実は秘密があるんだ……」

「秘密……？」

「ああ……俺、神剣ゼミをはじめたんだ」

「神剣ゼミ!?」

虎徹は神剣ゼミがいかに素晴らしいかを丁寧に説明し、最初は半信半疑だった正宗もライバルがそこまで言うのだからと、神剣ゼミの力を信じることにする。

「母さん、俺、神剣ゼミをやりたいんだ！」

「正宗のそんな真剣な目、久しぶりに見た気がするわ」

母親（美人。妙にエロい雰囲気がある）を説得し、神剣ゼミを始める正宗。

するとたった一ヶ月で正宗の学力は急上昇し、次の模試ではB判定、成績は進学塾に通っているクラスメートたちを余裕で追い抜き、さらに次の模試ではA判定を取り、

「これ、神剣ゼミでやったところだ！」

入試本番もバッチリ大成功。すごすぎる。

無事に大学に合格し、正宗は卒業式の日にクラウに告白する。

「私もずっと正宗君のことが好きだったの！」

抱き合う二人。そこへ現れる虎徹。

「へへっ、やっぱり正宗にはかなわねえな……」

「今の俺があるのは、虎徹と神剣ゼミのおかげだよ。大学でもよろしくな！」

ＨＡＰＰＹ　ＥＮＤ！


「す、すげえ……」

漫画を読み終えた俺は、感動に震えていた。

なんと神剣ゼミをやれば、学力が伸びるだけでなく恋が成就《じょうじゅ》し親友とも熱い友情で結ばれることができるらしい。こんな凄《すご》いものをこれまでスルーしていたなんて、俺はなんて

馬鹿《ばか》だったんだ！

「父さん、俺《おれ》、神剣ゼミをやりたいんだ！」

父さんが帰ってくるなり、俺はそう叫んだ。

☺

申し込みをしてほんの数日で、神剣ゼミの教材が家に届いた。この迅速《じんそく》さはさすがリア充御用達《ごようたし》だけある。

届いた教材とダイレクトメールの漫画を、翌日俺は部活へ持って行った。

やればリア充になれる教材というのは、俺たち隣人部の活動にもぴったりだと思ったのだ。

「こんな凄《すご》いアイテムが世の中にあったのね！」

漫画を読んで、星奈《せな》が感動に目を輝かせた。

「ふむ……世の中のリア充どもはこんな裏技を使っていたのか……」

「神剣ゼミ……存在は知っていましたが、理科《りか》は学校の成績に興味がないのでスルーしてました……。まさか学力以外にも効果があったなんて……」

夜空《よぞら》と理科も興味津々の様子だ。

俺たちはさっそくみんなで神剣ゼミの教材に取りかかった。

厳選されたセンター試験の問題集をはじめ、試験に頻出の英単語のみをまとめた単語帳、世界全体の歴史の流れを多数のイラスト付きでわかりやすく解説した参考書など、入試でも普段の学校の授業でも大いに役立ちそうなものが揃《そろ》っている。

これが受験勉強の、そして充実した青春のための最強武器《エクスカリバー》。

俺たちは手分けして、とりあえず一ヶ月分の教材を全部終わらせた。

「ふう……終わったー！」

心地よい疲労感に包まれながら、俺はホッと一息ついた。今日だけで偏差値が一気に上がったような気がする。

「なかなか良い問題集だった。バカ子と煌《すめらぎ》の勉強にも取り入れるとしよう」

夜空も満足げに微笑《ほほえ》み、理科も「たまにはこういう普通の勉強をするのも頭の体操になって楽しいですね」と笑った。

しかし星奈だけは釈然としない顔で、

「んー……こんな簡単な問題集をやるだけで、ほんとに学校生活が充実するようになるの？」

「そりゃ、なるだろ。神剣ゼミをやることで勉強の時間も削減できるし、塾に通わなくても学力がアップするからそのぶんの時間を有効に……時間を……あれ……？」

俺《おれ》の言葉はだんだん尻《しり》すぼみになっていった。

「……あたし、べつに普段から勉強なんてしてないし、塾なんか行くつもりもないし」と星奈《せな》。

冷静に考えると、漫画の主人公である正宗《まさむね》は、もともとは部活で活躍するスポーツマンで、競い合い高め合うライバルが最初からいて、昔から互いに惹《ひ》かれ合っている幼なじみもいる。

そんな彼が受験という壁に躓《つまず》いてしまったのを、神剣ゼミによって救われ、無事にハッピーエンドを迎える——。

つまりあの漫画は端的にまとめると、「**最初からリア充だった奴《やつ》が、もっとすごいリア充になる**」という筋書きだったのだ。

もともと勉強にはまったく困っておらず暇を持て余している星奈のような人間とは、状況がまるで違う。

教材としては優れているので、受験で苦労している俺や、他人に勉強を教えている夜空《よぞら》の役には立っても、星奈にとっては何の意味もない。

「神剣ゼミの力すら通じないとは……貴様は本当に残念な奴だな……」

哀れむように夜空が言って、星奈は強がるように胸を張り、

「ふ、ふんっ！　やっぱり欲しいものは自分の力で手に入れなきゃダメね！」

かくて、隣人部の活動『神剣ゼミをやろう』はあっさり幕を閉じた。

部活としては失敗だったが、神剣ゼミは今後、俺の受験勉強や、日向《ひなた》さんや小鳩《こばと》の学力アップに大いに貢献《こうけん》することになるのだった。

BBQ（211）

八月上旬のある日、俺《おれ》たち隣人部の面々は合宿に来ていた。

合宿の場所は去年と同じく柏崎《かしわざき》家の別荘で、去年と同じように遠夜駅《とおやえき》に集合して電車で二時間半揺られ、とても重たい荷物を担ぎながら最寄りの駅から徒歩で一時間かけてようやく別荘に到着。

別荘に荷物を置いてから水着に着替え、さっそく浜辺へと向かった俺たちは、去年と同じように晴れ渡る空の下、海に臨《のぞ》んで一列に並び、

「……よし、では去年のリベンジだ。多少はリア充に近づいた気がしなくもない私たちの力を見せつけてやるぞ。…………せーの！」

夜空《よぞら》のかけ声に従い、俺たちは思い思いのポーズをとって、

「海だー」「海だ――ッ!!」「う、海ぃ……やっぱ恥ずかしいなこれ……」「うっみゲホッゲホッ、ゲホッ！　やっぱり理科《りか》は潮風苦手です……」「ククク……！」「うーみーだーぞ――っ!!」

……去年と同じく、バラバラだった。

去年と決定的に違うのは、メンバーが一人減っていることだ。

部員たちの了承を得て俺は幸村《ゆきむら》も合宿に誘ったのだが、「わたくしは既に退部した身ですゆえ」と固辞《こじ》された。

まあ、先週は幸村と二人で竜宮《りゅうぐう》ランド（去年の捨て身のサービスが功を奏したか、まだ潰《つぶ》れていなかった）でデートしたわけだが……やっぱりこの場にも幸村がいてほしかったと思っている自分がいる。

三年に上がってからはみんな忙しく、放課後の部室にメンバー全員が揃《そろ》うことのほうが稀《まれ》という状態が続いていたのだが、いざこうして隣人部全員が揃っているときに幸村の姿がないと、どうしてもどこか足りないと感じてしまう。

俺、夜空、星奈《せな》、理科、小鳩《こばと》、マリア、そして幸村の七人で隣人部なのだという意識は、俺の中で未《いま》だに在《あ》り続けていた。

☺

日が暮れ始めるまで海で遊んだあと、本日のメインイベントが始まる。

その名を、ＢＢＱ――バーベキュー！

ＢＢＱ――なぜリア充はバーベキューのことを「ＢＢＱ」と表記するのかはよくわからないが、今回はあえてこの三文字のアルファベットで表記する。

海でＢＢＱ！

文字にするだけで目が眩《くら》みそうな圧倒的リア充感がある。

隣人部の中でＢＢＱをやった経験がある者はいなかったので、例によって俺《おれ》が前もってＢＢＱのやり方を調べ、準備をした。

小型のＢＢＱコンロ二つを組み立て、木炭をセット。

みんなで持って来た肉や野菜やソーセージや魚介類を串《くし》に刺し、金網の上に乗せて焼く。

しばらくするとジュウジュウと食欲をそそる音とともに、肉や魚の焼けるいい匂《にお》いが浜辺に立ちこめる。

「じゅるり……」「じゅりゅりゅ……」

小鳩《こばと》とマリアが待ちきれないように舌なめずりをする。

「なーなーお兄ちゃん！　もう食べていい!?」

「まだ早い。もうちょっと待て」

うちわで炭に風を送りながら、俺は食材の焼け加減を見極める。

ぐううううう〰〰〰〰〰〰〰〰〰〰〰と、誰《だれ》かのお腹《なか》の鳴る音がした。

「あはっ、なに？　待ちきれないの夜空《よぞら》？」

「ち、違う！　今のは私ではない！　貴様の腹の音だろう!?」

「違うわよ！　あたしのお腹の音はもっとこう……最高級の楽器みたいなんだから！」

「そんな腹の音があるか！　肉欲にまみれた卑《いや》しい獣め！」

「はあ!?　あんたこそ血に餓《う》えたハイエナみたいな眼《め》してるわよ！」

夜空と星奈《せな》が睨《にら》み合い、言い争いを始める。

お互いに友達と認め合ったあとも、この二人はいつもこんな感じで、ことあるごとに対立している。

仲良く連れ立ってショッピングだとかトイレだとか一緒にお弁当だとか、そういういかにも女の子っぽい友情模様は一切見られない。

そんな二人を生温かい目で見つつ、俺はほどよく焼けたエビとホタテの串を、先ほどの腹の音の真犯人である理科《りか》に差し出した。

「ほらよ」

「ありがと」

……串を受け渡すときに手と手が触れ合ったが、俺の心臓は特に大きく高鳴ることもなく、顔が熱くなったりすることもなかった。

クリスマスイヴから既に八ヶ月。

気持ちを隠すことに、すっかり慣れてしまった。

「あー！　理科《りか》だけズルいぞ！　お兄ちゃん、ワタシはお肉が食べたいです！」

「あ、あんちゃん！　うちも肉！」

「……へいへい。わかったよ肉食獣ども」

「お野菜は小さめのでお願いします！」

「うちも野菜小さめ！」

「駄目だ。お前らには特別に野菜たっぷりのコイツをやろう」

「(´・ω・`)」「(´・ω・`)」

各自に串《くし》が行き渡り、俺《おれ》たちはいっせいにかぶりつく。

海に夕日が沈むのを背景に、みんなで浜辺でＢＢＱ。

今の俺たちは完璧《かんぺき》にリア充だった。

☺

ＢＢＱが終わったあと、浜辺で花火をやり、俺たちは別荘に戻って風呂《ふろ》に入った。

風呂から上がったあと、星奈《せな》が去年と同じように怖い話大会をしようと提案したが、俺が猛反対して却下された。

……去年は夜空《よぞら》の怖い話を聞いたみんなが夜中に一人でトイレに行けなくなって、誰《だれ》かがトイレに行くたびに起こされたからな。あのときの二の舞はゴメンだ。

結局、小鳩《こばと》とマリアがすぐに寝てしまったので高等部の四人でトランプを始めたのだが、海で散々遊んだ疲れもあり、小一時間ほどでお開きとなった。

そして夜が明ける（210）

早くに寝たので目が覚めるのも早かった。

去年の年末に新しく買ったもののほとんど使いこなせていないスマートフォンで時間を確認すると、まだ四時半だった。

窓を開けて外を見ると、空が白《しら》み始めている。

せっかくなので夜明けの浜辺を散歩でもしようと思い、柏崎《かしわざき》家別荘の一室――去年幸村《ゆきむら》と二人で泊まったのと同じ部屋を出て階段を下り、別荘の外へ。

高台を降りていくと、海を見つめる一人の少女の背中が見えた。

下は黒いジャージで、上は黒い半袖《はんそで》のシャツ。

セミロングの黒髪が海風で揺らめいている。

「夜空《よぞら》」

近づいて声を掛けると夜空はゆっくりと振り返った。

「小鷹《こだか》か。早いんだな」

「寝るのが早かったからな。今回は怪談大会がなかったから、夜中に起こされずにゆっくり眠れたし」

俺《おれ》がそう言うと夜空は小さく苦笑し、

「闇子《やみこ》さんの話な……あれは実話だ」


唐突にそんなことを言った。

闇子さんとは、去年の合宿で夜空が俺たちを恐怖のどん底に突き落とした怪談に出てくる幽霊だ。

色恋沙汰《ざた》が原因で親友だったA子から陰湿《いんしつ》ないじめを受けるようになり、自殺に追い込まれてしまったY子は、死後『闇子さん』と呼ばれる幽霊となり、学校で友達を裏切った人間に取《と》り憑《つ》いて殺してしまうのだという。

冗談だと思った俺は「へえ」と半笑いで流そうとしたが、夜空は妙に真剣な顔で話を続ける。

「中学の頃《ころ》、私には一人の友達がいた。いたんだ……いや、本当だぞ？」

「そこまで強調するとかえって嘘《うそ》くさくなるって。……普通に信じるよ」

「……ん。ならいい」

夜空《よぞら》は再び話に戻る。

「……その友達というのは同じ学年で違うクラスの生徒だったのだが、話すきっかけになったのは私が古本屋で少年漫画を立ち読みしていたのを見られたときだ。三日月《みかづき》さんってそういうのも読むんだーとか、意外そうな顔で話しかけられた。あいつは同学年の女子の中でも垢抜《あかぬ》けたタイプだったから、あいつを追い払うために私は自分が少年漫画とか男の子向けアニメとか大好きなことを開き直るように語り、お前とは住む世界が違うのだと伝えようとした。するとあいつは、ものすごく嬉《うれ》しそうに自分も実はそういうのが大好きなのだと告げてきた。それ以来、私とあいつは放課後や休日にちょくちょく話したり一緒に本屋に行ったりするようになった。あいつとはとても趣味が合って——それだけじゃなくてクラスに友達が多いだけあって喋《しゃべ》り上手で聞き上手で、肉とは大違いだ。正直、すごく楽しかった。……久しぶりにできた友達に舞い上がって、メールアドレスをお揃《そろ》いにしてしまうほどにな」

夜空のメールアドレス——eternalfriendship2

なんで『2』？　とは思っていたが……友達とお揃いにしたからだったのか。『1』がその友達のアドレスなのだろう。

……ここまでは、微笑《ほほえ》ましい友情話だ。

だが、この話はバッドエンドで終わることが決まっている。

苦々しい顔をして夜空は続ける。

「私とあいつが友達になって何ヶ月か経《た》ったころ——私はクラスで嫌がらせを受けるようになった。内容はまあよくある陳腐《ちんぷ》な感じのイジメだ。無視されたり物を隠されたり連絡網が私だけ回ってこなかったりな。私がクラスでイジメにあっているという話はあいつも知っていて、私と二人のときには『辛《つら》かったら言ってね』とか『私だけは味方だよ』とか言ってくれて、それだけで救われた気がした。友達を巻き込みたくなかったから、学校ではなるべくあいつと距離を取るようにした。イジメはだんだんエスカレートしていったが、永遠の友情を誓《ちか》った友達が心の支えになり、私は耐えられた。だが、これ以上友達に心配をかけたくない。そう思った私は、自力で解決することにした」

「自力で解決って……」

「……とりあえず、クラスでイジメに荷担していた女子生徒を一人ずつ、一人でいるところを引《ひ》っ掴《つか》んで人気のない場所に連れて行き、なぜ私に嫌がらせをするのか問い詰《つ》めた。所詮《しょせん》は群れなければ何もできないクズどもだ……平均して腹パン二発で喋ってくれた。そうして私は、イジメの黒幕に辿《たど》り着《つ》いた。黒幕は小鷹《こだか》もお察しのとおり、あいつだった。……友達を裏切ったあいつを私は許さなかった。私が嫌いになったのならはっきりそう言えばいいのに、私と同じ少年漫画やヒーロー番組が好きな人間が、あんな汚い真似《まね》をしたことが許せなかった。だから復讐《ふくしゅう》した。イジメの黒幕に気づいていることは隠しながら、あいつをじわじわと精神的に追い込んだ。あいつはオカルトが何より苦手だったから、トイレにいるとき明かりを消したり、どこからともなく生温かい風を吹かせたり、何者かが髪を引っ張ったり、窓やノートに呪《のろ》いのメッセージを浮かべたりといった、怪現象を演出してな。ついでに『友達を裏切った人間を呪い殺す闇子《やみこ》さん』の噂《うわさ》も流した」

「ちょ、ちょっと待った」

「なんだ小鷹《こだか》」

「……つまり、闇子さんのモデルって……お前なのか？」

「だから実話だと言っただろう」

夜空《よぞら》はちょっと得意そうな顔をした。

闇子さんの怪談はやけにリアリティがあって怖かったのだが、こいつ自分の行動を怪談に仕立て上げたのか……。

「……ついに音を上げたあいつは、自分から白状して私に謝ってきた。あいつが私に嫌がらせを仕掛けた理由は、あいつが好きな男子が私のことを好きだったから、らしい。つまり嫉妬《しっと》だ。恋愛なんかで自分の友達に嫌がらせをする——本当にくだらない。反吐《へど》が出る。

こんなゴミカス女を友達だと思っていた自分に腹が立つ。ああ馬鹿《ばか》馬鹿《ばか》しい、くだらない、くだらない……」

そこで夜空は大きくため息をつき、

「……くだらないと、思っていたのだがな……」

そう言って、不意に優しい顔になる夜空。

戸惑う俺《おれ》に夜空は微笑《ほほえ》み、

「あいつの気持ちが、今の私にはちょっとだけわかる」

そして夜空は海のほうに足を向け、

「……そういえば直接口に出して伝えてなかったな」

「え？」

「……一度しか言わないから魂に刻め」

顔を俺から海へと向け。

大きく息を吸い、夜空は叫ぶ。

鷹!

きー！

好

水平線の彼方《かなた》まで届きそうな大音声《だいおんじょう》。

仮にライトノベルで表現したなら著作権も知らないノータリンが大喜びでそのページを写真に撮ってネットにアップし、恣意的《しいてき》に抜き出された一部分だけで何かを判断できると思っている賢《さか》しらなエテ公たちが「最近のラノベｗｗｗ」とか脊髄《せきずい》反射で嘲笑《ちょうしょう》しそうな感じの、開き直ったように鮮烈な告白だった。

肺の空気を全《すべ》て吐き出した夜空《よぞら》は、しばらくぜえぜえと苦しそうに喘《あえ》いだのち、清々《すがすが》しい顔をして俺《おれ》に向き直り、

「だから私と付き合え」

……どうしてこう、俺の周囲の女子ときたらこんなイケメンばかりなのだろう。そんなことを考えながら、

「ごめんなさい」

俺は逃げもせず、聞こえないフリもせず、誤魔化《ごまか》しもせず、夜空の真似《まね》をして海に向かって叫んだりもせず、夜空の顔を真正面から見つめながら、普通のテンションで普通に断った。

夜空のほうも俺の答えは想定済みだったようで、特に動じた様子もなく、不満げに口をへの字に曲げ、

「なんか……結果はわかってたけど……すごく普通だな。せめてもっと面白い反応をしてほしかった」

「そんなことを言われても……」

「しかもほぼ即答だったし……少しくらい迷ったりしてもいいのではないか」

「いや……迷っても答えは変わらないしな……」

「……何故《なぜ》だ？　付き合っている相手がいるからか？　それとも、他《ほか》に好きな女がいるからか？」

「違うよ」

　俺はゆっくりと首を振り、

「俺がお前のことを恋愛的な意味で好きだと思ったことが、一度もないからだ」

「……そうか……」

　どこまでも突き放したようにも聞こえる、しかし俺にとっては最大限の誠意を込めたその答えは、他の誰《だれ》にも伝わらなくても夜空にだけは正しく伝わってくれたと思う。

　夜空は不機嫌そうに顔をしかめ、

「……そうかー……それならどうしようもないな……」

　拗《す》ねたようにそう言って、砂の上にどっかりと腰を下ろす。

「……なんつーか……ごめんな」

「謝る必要などない。……どうしようもないことには、慣れている」

夜空《よぞら》は自嘲《じちよう》的な笑みを浮かべ、砂を掴《つか》んで海に向かって投げた。

「……はー……頑張ったんだけどなー……振られてしまったよ、トモちゃん」

久しぶりに登場したエア友達に、俺《おれ》は思わず噴き出した。

「まだ現役だったんだな、トモちゃん」

「当たり前だ。トモちゃんは永遠に私の親友だからな」

そこで夜空は不意に苦笑を漏《も》らし、

「……そういえばトモちゃんが生まれたのも、例の闇子《やみこ》さん事件だった」

「へえ」

「……必死で謝ってくるあいつの姿が滑稽《こつけい》で、ちょっとからかうつもりであいつの前で『見えない友達』と会話を始めたのだ。他愛《たわい》のない小芝居だったのだが、あいつは心の底から怯《おび》えてしまい、泣きながら逃げていった」

「……光景が目に浮かぶようだ」

夜空の演技力は凄《すご》いからな……。

心霊現象に参っていた中学生女子が、目の前でいきなりエア友達と喋《しやべ》る光景を見せられたら、マジで怖いと思う。

「……それ以来、あいつは二度と私に近づいてくることはなかった。私の友達はトモちゃんだけになったのだ」

「……」

「……おい、そんな残念な人を見るような目で私を見るな。ずっと前にも言ったが、オススメだぞ、エア友達。小鷹《こだか》も導入してみたらどうだ？」

「遠慮《えんりょ》しとく。俺、友達いるから」

「そうか。それは残念だ」

苦笑する俺に、夜空も寂しそうに笑った。

「……なあ小鷹」

「ん」

「……私たちの関係は、一体何なのだろうな？」

「…………」

恋ではない。

友情でもない。

ただの幼なじみと呼ぶには、一緒に過ごした時間は短く、心は通い合わず、それでいてお互いに与えた影響は大きすぎる。

俺《おれ》と理科《りか》。俺と幸村《ゆきむら》。俺と星奈《せな》。夜空《よぞら》と星奈。夜空と理科。星奈と幸村。

それらのどれとも違う、三日月《みかづき》夜空と羽瀬川《はせがわ》小鷹《こだか》の間だけの、不思議な関係。


「——戦友、かな？」


かつて同じ痛みを抱え、同じ時を共に戦った。

お互いに違う青春を過ごし、違う大切な人ができても、この事実だけは決して変わることはない。

俺の回答に夜空は泣いているように笑う。

「戦友か……まあ、悪くはない」

「だろ？」

『戦友』という単語が夜空と俺の関係を完璧《かんぺき》に言い表しているかというと、決してそうではないのだろう。

言葉なんかでは言い表せないことは二人ともよく知っていて、それでもあえて名前を付けることで、俺たちはここに一つのケリを付けたのだ。

不意に襲い来た猛烈な寂寥《せきりよう》感に抗《あらが》いながら、俺《おれ》も無理矢理《むりやり》に笑った。

朝日が昇る。

夜が明ける。

ソラとタカの幼い物語は、今度こそ本当に幕を閉じた。

もう一つの決着（204）

八月中旬のある日の朝。

俺《おれ》は理科《りか》と二人で東京に来ていた。

目的は、夏と冬の年二回開かれる国内最大の同人誌即売会『コミックバザー』、略して『コミバ』に参加するためである。

コミバにはゲーム会社やアニメ会社などの企業も出展しており、理科はこれまでずっと、仕事を手伝っている企業の人に頼んで目当ての同人誌やグッズを入手してもらっていたのだが、ずっと現地へ行ってみたいという気持ちはあったらしく、今回ついに、自らコミバに参加することを決めた。

「……大丈夫なのか？　ニュースで見たことあるけど、コミバってめちゃくちゃたくさん人いるんだろ？」

理科にその話を聞き、俺は心配になって訊《たず》ねた。

去年の理科は、竜宮《りゅうぐう》ランドや永夜駅《ながやえき》の人混みで気持ち悪くなっていた。

今年も何度か永夜《ながや》に行ったり、デパートや遊園地など人の多い場所にも行って、徐々に人混みを克服してきたものの、それでも、一日に何十万人もの人が訪れるというコミバの会場に耐えられるとは思えなかった。

「正直言って、あんまり自信はないかな……」

理科《りか》は不安そうに小さく笑って答えた。

「だったらやめといたほうが……」

「ううん、行く。頑張ってみたい」

頑張ってみたい、か。

頑張ろうとしている友達を止めることは、俺《おれ》にはできないな……。

「頑張ってみたい。けど……やっぱり不安だから、」

「俺も一緒に行く」「小鷹《こだか》も一緒に来て」

俺と理科の言葉がハモった。

そして現在。

永夜駅から新幹線に乗り、俺と理科は東京に辿《たど》り着《つ》いた。

朝早いというのに永夜駅は人でいっぱいで、理科はすでに少し辛《つら》そうだったが、新幹線は指定席を予約していたので座ることができ、移動している間に理科の体調は回復した。

しかし、東京駅に降り立った直後から、永夜とは比べものにならないほどの人混みに巻き込まれることになった。

自由に歩くことすらままならず、俺でさえ息苦しさを感じる。

隣を歩く理科の顔は青白く冷や汗が滲《にじ》んでおり、見るからに調子が悪そうだ。

「とりあえず、人の流れから脱出するぞ」

俺は理科の手を掴《つか》み、濁流のような人混みから通路の隅へと避難《ひなん》した。

「はぁ、はぁ……」

壁に寄りかかって荒い息を吐く理科。

「……もしかして、これってみんなコミバに行く人達《たち》なのかな？」

泣きそうな顔で理科は言った。

「さすがにそんなことはないだろ……」と苦笑する俺。

近くの自販機でお茶を買って飲み、ひと息ついたのち、俺たちは再びコミバ会場へ向かうことにする。

しかし。

「むぎゅぐ……」

電車の中にて。俺《おれ》に密着し、理科《りか》が苦しげに呻《うめ》いている。

会場方面へ向かう電車は、東京駅の人混みが生やさしく思えるほどの超満員で、異様に蒸し暑く、そして汗臭かった。

「だ、大丈夫か、理科……？」

俺と理科はほとんど抱き合っているような格好で、俺の視点からは理科の髪しか見えず、顔色や表情がわからない。

密着状態になってドキドキしたのは電車に乗り込んだ直後の数秒だけで、今はそれどころじゃない。

「……だいじょぶ……じゃ、ない、かも……」

理科が蚊の鳴くような声で答えた。

……これは本気でダメそうだな。

「とりあえず次の駅で降りるぞ」

俺が言うと、理科は弱々しく頷《うなず》いた。

ほどなく次の駅で電車が停止し、扉が開く。

しかし身動きを取るのも難しいほどのすし詰《づ》め状態で、このままでは出られそうにない。

「すいませーん！　降りまーす！」

思い切って声を張り上げるも、周囲の乗客は動いてくれない。

俺の隣では理科が力なくうなだれている。

「くっ……！　ど……どけよテメェ、ゴラァ……ッ！」

「ひ……!?」

扉方向の乗客を睨《にら》みながら目一杯ドスのきいた声を上げると、人と人の間に、ギリギリで通れそうな隙間《すきま》ができた。

その隙間をくぐり抜け、俺は理科の手を引き、どうにか満員電車から脱出することに成功した。

「ふう……」「はあ……」

駅のホームで、二人して大きなため息を吐《つ》く。

ベンチが空いていたので、理科の手を引き並んで座る。

「……はぁ……コミバ行きの電車がこんなにつらいなんて……」

ぐったりした様子で理科が言う。

「だなあ……。ありゃヤバい……みんな、あんな大変な思いをしてまで買いたいものがあるのかね……」

理科の付き添いで来ただけで、同人誌やアニメグッズにはあまり興味のない俺にはよくわからない感覚だった。

「……で、どうする？　まだ会場向かうか？」

俺《おれ》が訊《たず》ねると、理科《りか》は力なく首を横に振った。

「諦《あきら》めて帰る……」

「……さすがに一日中あんな超満員電車ってわけじゃないだろうし、何時間か待てば乗れるようになるんじゃないか？」

「……んー……会場に行けたとしても、帰りもまた大変そうだし……今回はここまででいいかな……」

「そうか。んじゃ、今日は帰るか……」

「うん……」

理科は頷《うなず》き、

「……ところで小鷹《こだか》」

「ん？」

「もう大丈夫なんだけど」

理科は少し赤面し、俺に握られたままだった左手を軽く振った。

「うおっ、す、すまん」

慌《あわ》てて手を放す俺に、理科はくすくすと笑った。

「べつにそこまで慌てなくてもいいじゃない」

「いやまあ」

俺は理科の顔から目を逸《そ》らし、向かい側のホームを見つめながら、

「俺、お前のこと好きだから」


ぽつりとその言葉を口にした。

「…………………」

理科は押し黙る。

超満員の電車が到着し、また発車し、その音が聞こえなくなるまで沈黙を続け、そして平坦《へいたん》な声音で、

「……小鷹とは友達でいたい。恋愛的な関係になるのは無理」

「そうか」

「うん」

理科の返事はわかっていたので、俺の心に特に衝撃はなかった。

そもそも俺《おれ》にはもう幸村《ゆきむら》という大事なカノジョがいるのだから、恋愛的な関係になろうなんて端《はな》から思ってない。

……それでも、あえて言葉にして伝えた意味はあった。きっと、伝えなければならなかったのだ。

理科《りか》と手を繋《つな》いでいたときから続く胸の高鳴りが、急激に収まっていくのを感じる。

「……なるほどなあ……」

しみじみとした俺の呟《つぶや》きに、理科は怪訝《けげん》な顔をした。

「……？　なにが『なるほど』なの？」

「いや……ちゃんと言葉にして、そんで……ちゃんとトドメを刺してもらうのって、大事なんだなって思った」

合宿の朝、夜空《よぞら》が俺の返事を知りながらも告白してきた理由が改めてわかった気がした。

去年のクリスマスイヴ、俺は失恋した。

自分の理科への気持ちが恋だったことを気づかされ、そして理科が俺の恋心を受け入れないことを知らされた。

——スマホに録音された幸村と理科の会話で。理科と直接言葉を交わすことなく。

……それでは駄目だったのだ。

言葉にすることが出来なかった気持ちは、幸村と付き合うことになっても、どれだけ時間が経《た》っても、消えることなく俺の中に澱《おり》となって残り続けた。

今、それがようやく解放された。

ようやく、俺の恋心はトドメを刺され、ちゃんと失恋することができたのだ。

「それじゃ、これからは改めて友達としてよろしくな、理科」

胸を突き刺されるような痛みを覚えながら、それでも笑って俺が言うと、

「あ、うん」

理科は困ったように微笑《ほほえ》みながら頷《うなず》いた。

運命の出逢《であ》い（175）

毎日しっかり受験勉強をしつつも隣人部で海や山や川や夏祭りに行ったり、幸村《ゆきむら》とプールや遊園地や花火大会に行ったり、理科《りか》と一緒にコミバに行こうとして途中で帰ってきたりと、ものすごく忙しくて最高に楽しかった夏休みがあっという間に終わり、学校が始まって数日経《た》った、九月上旬のある日。

俺《おれ》と星奈《せな》が隣人部の部室に入ると、夜空《よぞら》が一人で本を読んでいた。

夜空の頭には、包帯が巻かれていた。

「ちょっと!?　どうしたのその頭!?」

驚いた星奈が訊《たず》ねると、夜空は本から顔を上げずに淡々と、

「……少し転んで怪我《けが》をしただけだ」

「転んだって……」

「……気にするな。大した怪我ではない」

素っ気ない夜空の態度に俺たちが釈然としない顔をしていると、

「夜空！」

急に隣人部の扉を開け、日向《ひなた》さんがやってきた。

夜空は忌々《いまいま》しげに顔をしかめる。

「……どうした馬鹿《ばか》姉。今日は自習しろと伝えたはずだ」

夜空の言葉を無視し、日向さんは妹の頭の包帯を見て険しい顔になる。

「イヤな予感がして来てみれば……その怪我、さては母さんにやられたのか」

夜空は日向さんから目を逸《そ》らし、

「……馬鹿のくせに、なんでこういうときだけ察しがいいんだ」

吐き捨てるように呟《つぶや》いた。

「ど、どういうことなんですか？」

慌《あわ》てる俺に、日向さんは険しい表情のまま、

「昨夜母さん……夜空と私の生みの親から、私の家に怒りの電話がかかってきたのだ。子供を利用して懐柔《かいじゅう》しようとするなんて、この卑怯者《ひきょうもの》、とな……」

夜空と日向さんの父親は、彼女たちの実の母親の親友だった女性と再婚し、夜空は母親のもとに残り、日向さんは父親と一緒に新しい家庭に行った。

「……馬鹿《ばか》姉の勉強をみているのは私が勝手にやっていることで、父親やあの人とはなんの関係もないと言ったのだがな……聞く耳をもってくれなかった」

悲しげに夜空《よぞら》は話し始める。

昨夜、夜空が日向《ひなた》さんに勉強を教えていることが、夜空の母親に知られてしまったという。自分を裏切った夫と親友、それに日向さんと夜空が親しくすることは、夜空の母親にとって許せないことだった。夜空の話はまったく聞いてもらえず、ついには手を上げられた。夜空の身体《からだ》が壁にぶつかり、運悪くその衝撃で棚から落ちてきた花瓶によって頭を怪《け》我《が》した――。そういうことらしい。

世の中には子供に怪我をさせる親がいる――そんなことは連日のニュースなどで知っていたが、自分の知り合いが親に怪我をさせられた現実を目の当《ま》たり《あ》にすると無性に悲しくて、腹立たしい。俺《おれ》の父さんや天馬《ぺがさす》さん、それに楠《くすのき》姫子《ひめこ》さんと、尊敬できる大人たちを見知っているから尚更《なおさら》だ。

「夜空、今日からしばらく私の家に泊まれ」

憤《いきどお》りの色を浮かべ、日向さんが言った。

しかし夜空は諦《あきら》めたように首を振り、

「……馬鹿か。そんなことをしたらあの人はもっと傷つく」

「だが……！　またお前が怪我をしたら……」

目に涙を浮かべる日向さんに、夜空は寂しげに微笑《ほほえ》み、

「……泣くな馬鹿姉。……一度あの人と距離を置いたほうがお互いのためだとはわかっているのだがな……まあ、これもどうしようもないことだ」

「だったらうちに来なさいよ」

むすっとした顔で言ったのは星奈《せな》だった。

「なに？」

夜空が驚いた顔をする。

「あたしのうちにしばらく泊まりなさいって言ってるの。部屋ならいっぱいあるし、学園の理事長から連絡すればあんたのお母さんも文句言わないでしょ」

「だ、だが……私の家の事情で他人に迷惑をかけるわけには……」

「他人じゃないでしょうが！」

星奈は本気で怒ったように声を荒げ、

「こういうときこそ、友達を頼りなさいよ！」

「……！」

星奈《せな》の言葉に夜空《よぞら》は一瞬雷に打たれたように硬直し、それからフッと柔らかなため息を漏《も》らした。

「……だったら頼む。しばらく泊めてくれ」

「おっけー！」

暗い空気を吹き飛ばすように、星奈は快活《かいかつ》に笑った。

☺

そして俺《おれ》、星奈、夜空の三人は、柏崎《かしわざき》邸へとやってきた。

なぜ俺まで一緒にいるかというと、夜空に「友達の家に行くというのは初めてだから……ついてきてほしい」と心細そうに頼まれたからだ。

星奈が屋敷のドアを開けると、ステラさんが俺たちを出迎えた。

「お帰りなさいませお嬢様。いらっしゃいませ小鷹《こだか》様、そして――」

ステラさんが、緊張して俺のうしろに隠れるように立つ夜空に目を向ける。

「はじめまして、三日月《みかづき》夜空様ですね。私は柏崎家の家令《かれい》、ステラと申します」

「は、はいっ、はじめまして！」

顔を赤くして夜空が挨拶《あいさつ》を返す。

そういえば、夜空はステラさんと面識がなかった。

他《ほか》の隣人部のメンバーは去年の夏休みに花火をやった帰り、ステラさんに車で荷物を運んでもらったのだが、夜空だけは髪が燃えるハプニングで先に帰ってしまっていたのだ。

「三日月様とはぜひお会いしたいと思っておりました。お嬢様とお友達になっていただき、本当にありがとうございます」

「い、いえ、こ、こちらこそ肉…せ、星奈さんにはいつもお世話になり……」

借りてきた猫のように大人しい夜空に、ステラさんはくすりと笑い、

「どうかこの家を我が家と思っておくつろぎください。それでは、私はお茶を用意して参りますので、まずはお嬢様のお部屋へどうぞ」

一礼し、ステラさんは奥へと歩いて行った。

夜空は呆《ほう》けた顔でその後ろ姿を見送ったのち、小声で俺に囁《ささや》く。

「お、おい小鷹！　なんだあのかっこいい人は……!?」

「だから家令のステラさんだよ。執事みたいなもんだってさ」

「執事……リアル執事……！　ほあ……」

うっとりと目を輝かせる夜空《よぞら》。

……そういえばこいつ、「執事イコール超カッコイイ」みたいなイメージを持ってたんだっけ。

幸村《ゆきむら》が以前着せられていた執事服、あれは夜空の自前だったはずだ。

「ほら夜空ー！　はやくこっち来なさいよー！」

二階から星奈《せな》が呼ぶので、俺《おれ》たちは星奈の部屋へと向かう。

歩きながら、

「うーん……」

「どうした小鷹《こだか》？」

「いや、なんか忘れてるような……」

「……？」

星奈の部屋にはなにか、とんでもないものがあったような……。

特に夜空にだけは絶対に見せてはいけないような激烈にヤバいモノが……。

「ほらほら、入って入って♪」

星奈が嬉《うれ》しそうに部屋の扉を開け、夜空を招き入れる。

「あ、ああ……」

初めて入る友達の部屋に、夜空《よぞら》は緊張と期待の色を浮かべて足を踏《ふ》み入れ——そして硬直。

「あ？　あ……？」

制服姿の夜空、長い黒髪の夜空、短い髪の夜空、遊園地ではしゃぐ夜空、遊園地でグロッキーな夜空、勉強している夜空、読書している夜空、ゲームしている夜空、笑顔の夜空、怒り顔の夜空、ジャージ姿の夜空、水着姿の夜空、下着姿の夜空——……。

天井を埋め尽くすように貼《は》られた、隠し撮りされた無数の自分の写真に、夜空は恐怖の絶叫を上げる。

「ギャアアアアアアアアアアアアアアアアアアアアアアアアアアアアア!?!?!?!?!?!?!?!?!?!?」

星と太陽（161）

夜空が柏崎《かしわざき》家に滞在するようになってから、二週間が過ぎた。

隣人部の部室で日向《ひなた》さんと小鳩《こばと》に勉強を教えていた夜空に、柏崎家での生活はどうかと訊《たず》ねてみると、

「ああ、それなりに上手《うま》くやっている。理事長にもよくしてもらっているし、最近はステラさんの仕事を手伝わせてもらっている」

「……星奈《せな》とは？」

「………………」

夜空は心底不愉快そうに顔をしかめた。

あの日、自分の盗撮写真を見せられた夜空はしばらくの間恐怖に怯《おび》えていたが、やがて激怒して天井の写真を全《すべ》て処分させた。さらにはデジカメやパソコン内のデータも消させたのだが、どこかにバックアップがあるのではないかと疑い続けている。

星奈のほうは「友達なんだから盗撮してもいいじゃない！」などと宣《のたま》っていたが、夜空との心の距離は確実に開いた。

「……煌《すめらぎ》があの変態肉に怯《おび》える気持ちが心の底からわかった。あいつは本当に気持ち悪い……気持ち悪いというか、怖い……」

小鳩《こばと》の頭を撫《な》でながら夜空《よぞら》が言うと、小鳩は嬉《うれ》しそうにこくこくと何度も頷《うなず》いた。

「なぜか一緒に風呂《ふろ》に入ろうとしてくるし、部屋で勉強していると邪魔してくるし、一緒に寝ようとしてくるし……世話になっている身でなければ縛って倉庫にでも閉じ込めておくのだがな……」

力なく嘆息《たんそく》したあと、

「……まあ、あのド変態盗撮ストーカー肉のことはどうでもいいとして、ステラさんは素晴らしい人だな！　あんな凄《すご》い人は見たことがない。私も仕事を手伝わせてもらってはいるが、あの人のように上手《うま》くはできない。しかし私が失敗してもステラさんは怒らずに優しく励《はげ》ましてくれるし、忙しいにもかかわらず息抜きにゲームやお茶にも付き合ってくれるし、先日など私の試験勉強をみてくれたのだ。教え方も上手くて、本当に頭のいい人というのはああいう人のことを言うのだろうな」

べた褒めだった。

朱音《あかね》さんに対してもそうだったように、夜空は尊敬に値すると認めた相手に対しては心を開くようだ。

飲み込みが早くて優秀だから、相手のほうも夜空のことを可愛《かわい》がり、その結果ますます懐《なつ》くという好循環である。

「そういえば、ステラさんはなんと十四歳で大学を卒業したらしいぞ。すごいなっ。もしも私に姉がいたとしたら、きっとあんな感じなのだろうな……」

幸せそうにはにかみながら、声を弾《はず》ませてステラさんのことを話す夜空。

それは一見とても微笑《ほほえ》ましいものだったが――

「ちょっと待った！『もしも私に姉がいたとしたら』ってお前、リアルに姉ちゃんいるじゃねえか目の前に！」

「ははは、相変わらず小鷹《こだか》の冗談はセンスがないな。高校三年生の私に、どうして同じ学校に通う姉がいるんだ？」

……夜空の中で、日向《ひなた》さんの存在がなかったことにされていた。

ちらりと日向さんに目をやると、ペンを握る手がぷるぷると震え、目には涙が浮かんでいた。

そんなリアル姉の悲しみを完全にスルーして夜空は立ち上がり、

「さて、私はそろそろ行く。ステラさんに頼まれごとをしているのだ。煌、バカ子、明日までに課題を終わらせておくんだぞ」

軽やかな足取りで夜空《よぞら》は部室を出て行った。

「小鷹《こだか》ぁ……」

日向《ひなた》さんが世にも情けない声を上げる。

「妹がとられたー！」

「……が、頑張って期末試験でいい点取りましょう！　そうすれば夜空もきっと見直してくれるはずです！　多分……」

俺《おれ》としては、とりあえずそう言って励《はげ》ますしかなかった。

☺

夜空が出て行ってからしばらくして、部室に星奈《せな》がやってきた。

「ねえ小鷹、夜空知らない？」

「あいつならもう帰ったぞ。なんかステラさんに頼まれごとされてるって」

俺の答えに、星奈は露骨《ろこつ》に不機嫌な顔になった。

「むー……」と不満げに唸《うな》ったのち、

「聞いてよ小鷹！　あいつ最近ステラにべったりなのよ！」

「ん、ああ、みたいだな」

「あたしが一緒にお風呂《ふろ》入ろって言ってても入ってくれないのに、ステラと背中の流しっこしたりしてるの！　他《ほか》にもステラと一緒に『モン狩』やってたり、ステラのために人気のお店のプリン買ってきたり、ステラに勉強みてもらったり！　ステラもすっかり夜空のことお気に入りみたいで、こないだなんて『私のことを姉さんと呼んでもいいのですよ』なんて言ってたのよ!?　ステラはあたしのおね――」

「ん？」

「な、なんでもないわ……。とにかくステラと夜空はちょっとべったりしすぎだと思うの！　そういうのはちょっとなんか、違うんじゃないかしら!?」

……どうも星奈のやつ、夜空がステラさんに懐《なつ》いて拗《す》ねているだけでなく、ステラさんを夜空に取られたことを拗ねているようでもある。

「わかるぞ柏崎《かしわざき》！」

激しく同意を示したのは日向さんだった。

「実の姉をさしおいてどこぞのお姉さんにべったりというのは、ちょっとよくないと思う！」

「そうなのよ！」

星奈《せな》は肯定を得られて満足げに頷《うなず》いたのち、

「……ええと、あんたの名前なんだっけ？」

「な……!?」

日向《ひなた》さんが唖然《あぜん》とする。俺《おれ》も驚いて、

「いやいやいや、日向さんだよ日高《ひだか》日向さん！　夜空《よぞら》の実の姉で去年の生徒会長で留年してて、去年修学旅行の下見で一緒に温泉旅館行っただろ!?　そんで一緒に人狼《じんろう》ゲームやっただろ！」

俺の説明に星奈は、

「いたことくらいは覚えてるわよ！　喋《しゃべ》ったことないから名前を覚えてなかっただけ！」

……たしかにこの二人が会話しているのは見たことないけど……日向さんほどの存在感ある人でさえ、興味がないと名前を覚えないのか……。

しかしそんな星奈の超失礼な発言に対して、日向さんは気を悪くするどころか愉快そうに笑い飛ばし、

「はっはっは、たしかに喋ったことがなかったからしょうがない！　かくいう私も人の名前と顔を覚えるのは苦手だしな！」

……あなたは人の名前と顔だけじゃなくて覚えること全般苦手ですよね。

「では改めて自己紹介させてもらおう。夜空の本当の姉の日高日向だ」

日向さんが手を差し出す。

星奈はその手を握りかえし、

「柏崎《かしわざき》星奈よ。よろしく」

それから星奈と日向さんは二人して、夜空に対する不満を口々に言い合った。

二人とも細かいことを気にしない性格だからか妙に話が弾《はず》んでおり、

「ふむ、夜空も写真くらい好きなだけ撮らせてやればいいものを！　見られて恥ずかしいところなどあるまい！」

「へー、テストの点なんかでそこまで言うなんて、あいつほんっと細かいわね！　満点以外は全部ゴミでいいじゃない！」

「裸の付き合いはいいぞ！　全裸で語り合ってこそ友情も深まるというものだ！」

「大体あいつはいちいち細かいのよね！　あんなのバーってやってダーってやればすぐに

終わるじゃないの！」

「なんと！　ステラさんというのはたまに理事長の代理として学園に来ていた金髪のお姉さんのことだったのか！　うちの元庶務《しょむ》が世話になっているようだな！　彼女に釣り合う男になるためとか言っていきなり生徒会をやめて留学してしまったときは困ったぞ！」

「ステラがいきなり五歳も年下の彼氏連れてきたときはびっくりしたわ。どっかの誰《だれ》かと違って彼氏の方がぐいぐい押しまくったって聞いたけど」

……二人の間には謎《なぞ》の結束が芽生え、今度夜空《よぞら》の様子を見るために日向《ひなた》さんを家に招く約束までしていた。

学園で孤立気味だった二人が仲良くなったのは、いいことなのだろう……多分。

笑顔（148）

前期の期末試験が終わり、試験休みが終わり、後期日程がはじまって数日の今日。

俺《おれ》はマリアと一緒に、バス停で小鳩《こばと》を待っていた。

今日は中等部で、残る最後の期末試験の結果が返却される。

小鳩が高等部へ進学できる条件は、赤点を一つも取らず、三つ以上の科目で平均点を超えること。そしてこれまで小鳩の試験結果は、赤点は一つもなく、世界史と古文で平均点を超えた。

今日返ってくる試験のいずれかで平均点を超え、赤点がなければ、小鳩は来年からここ聖《せい》クロニカ学園高等部に通うことが（ほぼ）確定する。

あえてメールではなく本人の口から結果を聞くため、俺たちは小鳩の乗る中等部からのバスを待っている。

「大丈夫かなー！　大丈夫だな!?　アイツうんこだけど大丈夫だな!?　でもなー、アイツうんこだからなー！」

マリアはさっきからバス停の周りをぐるぐる回っている。

「落ち着けよマリア……小鳩を信じるんだ」

「わかったのだお兄ちゃん！　……でもなー……アイツ馬鹿《ばか》だからなー……」

「……それなら小鳩じゃなくて、小鳩に勉強を教えたお前を信じるんだ」

「！　そっか！　ワタシは天才の先生だからな！　ワタシに教えられたのでいくらアイツでもちゃんと大丈夫だと思います！」

「そうそう、その通りだ」

「わーい！　やったー！」

マリアを元気づけつつ、俺も内心は不安でそわそわしながら小鳩を待つ。

そして——ついにバスが到着し、小鳩が降りてきた。


小鳩は俺とマリアの姿を認めるやいなや、両腕で大きくマルの形を作った。

マリアが小鳩に駆け寄り、そのまま勢いよく小鳩に抱きつく。

このときの二人の笑顔を、俺は決して忘れることはないだろう。

光を背に受けて（111）

　毎年十一月中旬に行われる聖《せい》クロニカ学園高等部の学園祭は、一日目の体育祭、二日目と三日目の文化祭に分かれている。

　体育祭は文化祭の前座という感じで、例年はそれほど盛り上がらないらしいが、今年の体育祭は例外的に、かつてないほどの大熱戦となった。

　去年の体育祭でも無双していた柏崎星奈《かしわざきせな》を擁《よう》する黄組。

　去年は生徒会長としての仕事に追われ、競技にはあまり出場しなかった日高日向《ひだかひなた》さんを擁する緑組。

　そして元々の高い知力に加え、ステラさんに家令《かれい》の家系に代々伝わるという謎《なぞ》のジャパニーズ古武術を伝授されたことで武力まで獲得した三日月夜空《みかづきよぞら》の赤組。

　いつものように常人離れした力を発揮する星奈と、日頃《ひごろ》の勉強のストレスを発散するかのように全力で大暴れする日向さんが激しい対決を繰り広げ、夜空は自分も主力として活躍しつつ赤組の軍師的ポジションとして戦術的に二人を翻弄《ほんろう》する。

　三チーム一歩も譲らない大激戦は、応援合戦でサラシに学ランという姿だった星奈のサラシがほどけおっぱいがポロリしたことが決定打となり、黄組の勝利に終わった。星奈《せな》は来賓席で見学していた天馬《ぺがさす》さんにその夜めっちゃ怒られたらしい。

なお、俺《おれ》や葵《あおい》の所属する白組と青組との最下位決定戦は、当事者である俺たちの間でだけそれなりに盛り上がった。

☺

そして体育祭の翌日——学園祭の本命、文化祭。

俺たち隣人部は、去年以上に気合いの入った出し物を準備していた。

出し物の内容を決める会議は去年と同じく……いや、去年以上に難航《なんこう》。

夜空《よぞら》は去年のリベンジのため映画を提案し、星奈は最近ハマったギャルゲーの影響でバンドをやりたがり、理科《りか》はお化け屋敷を希望し、マリアは「美味《おい》しいものがいっぱい食べたい」、小鳩《こばと》は「高貴なる夜の血族の美しく壮大な物語」。俺はもちろんお笑いを提案したがなぜか却下された。

映画、バンド、お化け屋敷、飲食店、どれも文化祭のメインディッシュとも言える花形企画で、正直、どれもやってみたい。

どれも良い——だからこそ逆に一つには絞りかねた。

隣人部のこのメンバーで迎える最後の文化祭だから、悔いの残らない選択をしたい。

そんなときマリアの口から出た「こうなったら全部やればいいのだ！」という一言がブレイクスルーとなり、「やりたいものを全部混ぜたハイブリッド企画」という方針が決まった。


こうして出来上がったのが、『仮装映画バンドレストラン・隣人部』である。


レストランで俺たちが作った自主制作映画を上映し、ウェイトレスは映画と同じコスチュームで接客。映画のエンディングではバンドの生演奏が披露される。

非常に大がかりな企画のため隣人部だけでなく、日向《ひなた》さんにケイト、ステラさんと天馬さんにまで手を貸してもらい、どうにか形にすることができた。

会場は理科室で、料理を担当するのは俺とプロの料理人志望の日向さん。

映画の脚本は夜空。

夜空の書いた脚本は、今度こそなにかのパクリではなく、自分の願望を実現させるためにストーリーや配役を歪《ゆが》めることもなかった。

能力は高いのにちょっと残念なところがある若者たちが、ときにケンカしたりしつつ絆《きずな》を深め邪悪な吸血鬼を倒しお姫様を救い出すという、シンプルだが共感しやすい王道の冒険活劇で、そこにホラーやコメディの要素が違和感なく盛り込まれている。

なんでも今年の初めからずっと学園祭に備《そな》えて構想を練っていたらしく、完成度が高いのもうなずける。

脚本もさることながら、単純に映像だけでも楽しめるクオリティで、星奈《せな》や夜空《よぞら》の華麗《かれい》なアクションを理科《りか》のＣＧを駆使した派手な演出が盛り上げ、小鳩《こばと》やマリアの可憐《かれん》さが観《み》る人の心を癒《いや》す。理科のＣＧ技術は去年からさらにパワーアップしており、エフェクトだけでなく骸骨《がいこつ》や幽霊の兵士といった敵も非常に高いクオリティで表現されていた。

ＢＧＭは例によってゲームや映画のサントラから無断で使用。

エンディングテーマだけは理科の伝手《つて》でゲームやアニメで活躍するプロのミュージシャンに曲を作ってもらい、隣人部メンバー六人で歌詞を付けた。

タイトルは『Be My Friend』。

ハチャメチャで楽しい中にも、いつかこの日々は終わってしまうのだという寂しさと、だからこそ全力で駆け抜けようという開き直りが盛り込まれた、自分で言うのもアレだが最高にいい曲になった。

バンドの構成は夜空がボーカル&ギター、星奈がボーカル&ベース、理科がキーボード、俺《おれ》がドラム、小鳩がカスタネット、マリアがタンバリン。

過去にギターを少しかじっていた夜空以外は、全員が楽器初心者だったのだが、星奈と理科はすぐに上達した。

映画制作の傍《かたわ》らで楽器の練習もするという超ハードスケジュールだったが、どうにか俺も『Be My Friend』だけは足を引っ張らない程度には演奏できるようになった。

吸血鬼を倒しお姫様を救い出して故郷に凱旋《がいせん》した主人公たちのために開かれる、賑《にぎ》やかな祝賀パーティー。

楽しげな音楽とともにスクリーンが暗転し、エンディングテロップが流れ出そうというその瞬間、いきなりリアルの世界でバンドの演奏が始まる。

――Be My Friend　知らないフリしたって
――Be My Side　全部気づいてたよ

満員御礼の理科室に、夜空と星奈の伸びやかな歌声が響き渡る。

映画と同じコスチュームなので、夜空は魔法少女みたいなヒラヒラした衣装、星奈は吸血鬼の女王の露出度の高い衣装。

――ずっと続きはしないね　僕らの時間は

――今しかないから　この瞬間　刻み付けよう

理科《りか》は主役である軽装の冒険者風衣装、小鳩《こばと》はお姫様の純白のドレス、マリアは白いスクール水着&背中に天使の羽（主人公たちを導く妖精《ようせい》の役だった）。調理実習室から直行してきた俺《おれ》だけは、映画の衣装ではなく制服にエプロンで、一応コック帽をかぶって仮装っぽさを出している。

――もう一歩　君のとなりに行こう

――手を取れるように

キーボード担当の理科も時折コーラスに参加し、小鳩とマリアはテンションに任せて勝手に踊り出し、最後のサビではメンバー全員で声を合わせる。

——Be My Friend　遠回りしてたって
——Be My Side　憧《あこが》れてる　今も
——もう一回　何度でも手を伸ばそう
——あの星だって届きそうさ

演奏が終わり夜空《よぞら》と星奈《せな》が拳《こぶし》を振り上げると、客席からは大きな歓声が上がった。

……夜空と星奈のいる店ということで学園祭前から話題になっていたため、『仮装映画バンドレストラン・隣人部』は開店してから常に満席で、バンド演奏時には部屋の外で立ち見が出るほどの大盛況《だいせいきょう》。

料理も映画も好評で、口コミで生徒だけでなく一般のお客さんもどんどん増え、廊下に行列ができてしまったので、急遽《きゅうきょ》整理券を配って対応した。

接客（俺の場合は料理）↓演奏↓接客のループを朝から十セット繰り返し、営業時間が終わると同時に俺たちは揃《そろ》ってその場に座り込んでしまった。

「あ〰〰〰〰〰〰終わった〰〰〰〰〰〰！」

床に仰向《あおむ》けになり、理科が感極まった声を上げる。

今年は理科一人に負担が偏《かたよ》らないようにみんなで気を配ったものの、企画のボリューム自体が去年より大きかったため作業量はそれほど変わらなかったと思う。

「ああ……終わったな」

俺《おれ》も笑って、理科《りか》の隣に寝転がる。

「……理科室がこんな賑《にぎ》やかになる日が来るなんて思わなかった。……すごく……すごく楽しかった……」

額から汗を流し荒い息を吐きながら、理科は満面の笑みを浮かべて言った。

「ああ……楽しかったな」

心地よい疲労感と、圧倒的な充実感、達成感。

文化祭で映画を上映し、飲食店をやり、バンド演奏をして、大勢のお客さんを盛り上げた。

光に背を向けてひっそりと隣人部だけで上映会を行った去年の文化祭とは対照的に、今日の俺たちは文化祭の中心にいた。

まるで学園ドラマの主人公だった。

「お疲れ様、小鷹《こだか》」

そう言って理科は、握りしめた左手を掲げた。

「ああ……お疲れさん」

俺も右手を掲げ、照明の光を掴《つか》むように握りしめる。

そして俺たちは、お互いの掲げた腕を軽くコツンとぶつけ合った。

ごく自然に。

肌に触れたことで心臓が高鳴ったりもせず、ただ清々《すがすが》しい感慨《かんがい》だけがそこにあった。

もう誤魔化《ごまか》す必要もなく。

この気持ちは『友情』なのだと、一切のやましさもなく言うことができる。

「おーい理科ー！　この機械はどうやって止めればいいのだ？」

「はいはいー？」

夜空《よぞら》に呼ばれ、理科が立ち上がり歩いて行く。

理科が行ってしまったあとも、俺がそのまま仰向《あおむ》けになっていると、

「お疲れ様でした、小鷹先輩」


近づいて声をかけてきたのは、幸村《ゆきむら》だった。

制服姿で、腕には『生徒会』と書かれた腕章《わんしょう》をしている。

この体勢だとスカートの中の白いパンツが丸見えだったが、わずかに身体《からだ》を動かす体力

も残っていなかったのでそのまま応《こた》える。

「おー、お前もお疲れ、幸村《ゆきむら》。観《み》てくれたか？」

「はい。最後の一回だけですが、小鷹《こだか》先輩の料理を食べ、映画を観て、らいぶを観させていただきました。美味《おい》しく、面白く、かっこよかったです、小鷹先輩」

「料理だけは俺《おれ》の手柄だけど、映画とライブは隣人部みんなの力だ」

俺の言葉に幸村は「そうですね」と柔らかく微笑《ほほえ》み、

「小鷹先輩はとても楽しそうで、輝いておられました。……わたくしといる時よりも」

どこか切なげに呟《つぶや》き、「……それではわたくしはこれで」と一礼し、幸村は俺から離れ、理科《りか》室を出て行った。

☺

文化祭の二日目は、生徒会の仕事を手伝うという名目で幸村と一緒にあちこち見て回り、夜のフォークダンスも幸村と踊った。

フォークダンスのあと、隣人部の部室にてメンバー六人および手伝ってもらった日向《ひなた》さんとケイトを交えて、軽く打ち上げを行った。

余談だが、投票で選ばれる「文化祭で素晴らしかった企画ランキング」において『仮装映画バンドレストラン・隣人部』は一位を獲得した。

学園祭全体を通してのＭＶＰには星奈《せな》が選ばれたのだが、明らかにおっぱいポロリの影響なので本人は嫌そうだった。

二回目　～理科《りか》と幸村《ゆきむら》の場合～（88）

学園祭が終わってしばらくして、次期生徒会役員選挙の立候補期間が始まった。

「わたくし、生徒会長に立候補しようと思います」

幸村がそう言ったのは、立候補期間が始まって三日目のことだ。

「マジで？　なんで？」

驚いて訊《たず》ねる俺《おれ》に幸村は淡々と、

「わたくしは幸運にも、この学校でとても充実した日々を送ってまいりました。友人にも恵まれ、恋人までできました。わたくしはとても幸せ者です。いわゆる『りあじゅう』というものでしょう。ですので……」

幸村は目を少しだけ細め、

「こうなったらせっかくなので……天下を獲《と》ってみようかと」

「天下、か……」

友達がいて、恋人がいて、さらに生徒会長にまでなれば、たしかにこの上なくパーフェクトに充実した学園生活と言えるだろう。

「お前はすげえなあ……。まあその……頑張れ」

本心から応援しつつも、あまりの眩《まぶ》しさに少し怯《ひる》んでしまう俺《おれ》がいた。

「はい。つきましては、小鷹《こだか》先輩に推薦人をお願いしたいのです」

そう言って幸村《ゆきむら》はさらに俺を驚かせてきた。

「俺が推薦人って……正気か？」

各立候補者には、それぞれ一人の推薦人がつく決まりになっている。

投票日、立候補者全員による立会演説会があるのだが、推薦人は、立候補者本人が演説する前にその立候補者をアピールするための応援演説を行わなければならない。演説の内容も重要だが、それ以上に『誰《だれ》が推薦しているか』が選挙結果に大きな影響を与える。人望のある人物が推薦している候補者に支持が集まりやすいのは当然のことだ。

現在の俺の人望はというと、今年の初めからずっと生徒会の手伝いをしているのと、教室で葵《あおい》が親しく話しかけてくれるおかげもあって、転校直後や停学明けの頃《ころ》よりは全然マシになった。同じクラスの生徒や、体育の授業などで一緒になる他《ほか》のクラスの男子なんかは普通に話してくれる。しかしそれはあくまで同学年での話。直接俺に接する機会のない下級生には未《いま》だに露骨《ろこつ》に怖がられるし、同学年での偏見が消えたと言ってもあくまでマイナスだったのがゼロになっただけだ。『人望がある』とは到底《とうてい》言えない。

「……他の奴《やつ》に頼むべきじゃないか？　葵とか」

「小鷹先輩にお願いしたいのです」

真《ま》っ直《す》ぐに俺の目を見つめて幸村は言った。

表情の変化に乏しく、いつもぼんやりしている印象のある幸村だが、その瞳《ひとみ》の奥には常に強い意志の光が宿っていることを、何度も彼女の顔を至近距離で見てきた俺はよく知っている。

そして、こうと決めたら決して折れないことも知っている。

だから俺は頷《うなず》くしかない。

「……わかった。推薦人、引き受けるよ」

「ありがとうございます、小鷹先輩」

幸村はほうっと小さく息を吐き、そして背伸びして啄《ついば》むようにキスをしてきた。

☺

生徒会選挙の立候補期間は通常一週間なのだが、期間内に候補者が集まらなかったときは延長されるシステムで、去年は（肉体労働方面でのみ）超人的な活躍をした日高日向《ひだかひなた》会長や、それを支える優秀な副会長大友朱音《おおともあかね》さんの後任というプレッシャーのせいで、三週間を過ぎてもまったく立候補者が集まらず、仕方なく書記と会計だった葵《あおい》と火輪《かりん》が次期会長&副会長として出馬することになった。

しかし今回は、一週間の立候補期間でなんと二十五人もの立候補者が名乗りを上げた。

今期の生徒会は、困っている生徒を片っ端から助けていた日向《ひなた》さんの時代とは逆に、一般生徒に手助けを頼むことも多かった。頼りがいという点では劣るが、そのぶん身近に感じられる生徒会だった。その結果が、この立候補者の数だろう。

一般生徒をぐいぐい引っ張っていく超人的なリーダーと、一般生徒が「自分たちが支えていかなければ」と思うような、あくまで集団の顔としてのリーダー、少なくとも高校の生徒会としては、後者の方が健全な在《あ》り方ではないかと個人的には思う。

それはともかく。

全二十五人の立候補者のうち、生徒会長に立候補したのは幸村《ゆきむら》を含めて七人。

このうち、一番の強敵はなんと言っても二年の湊川夏《みなとがわなつ》だろう。

火輪の紹介で七月に生徒会書記に就任した少女で、すっきりした目鼻立ちの、長い黒髪の美人だ。日向さんや星奈《せな》ほど突出しているわけではないが、文武両道に秀《ひい》で、性格は快活《かつ》で人当たりもいい。要するに『コミュ力のある三日月夜空《みかづきよぞら》』とでも言うべき完璧《かんぺき》超人である。

　夜空が日向さんと小鳩《こばと》の指導で忙しくなってからは、これまで夜空のやっていた業務を引き継ぎ、生徒会の中心として活躍していた。

　夏の立候補を知った俺《おれ》は、夜空に相談を持ちかけた。

　生徒会の仕事を一緒にやってきたこともあって夜空と幸村の関係は良好で、お互いに一目置いているフシがある。

「……幸村と夏か……これは幸村は分が悪いだろうな」

　夜空は冷静にそう分析した。

「どうしてそう思うんだ？　幸村だって一年間生徒会会計として頑張ってきたし、人気だってあるし、五分五分じゃないか？」

　贔屓目《ひいきめ》ではなく俺は本当にそう思っていたのだが、

「……馬鹿《ばか》子や朱音先輩と比較され、今年の生徒会は常に『頼りない』というイメージを持たれてきた。そのおかげで生徒たちに生徒会活動に対する関心が生まれ、我こそが執行部として運営に参加してやろうと言う者が大勢出たことは歓迎すべきだが、これはつまり『頼りになる生徒会』を皆が望んでいることに他《ほか》ならない。困ったとき助けてくれてみんなをどんどん引っ張ってくれる強いリーダーをな」

「……去年の日向《ひなた》さんみたいにか」

「そうだ。……そして『ピンチヒッターとして生徒会に途中参加した文武両道の完璧《かんぺき》超人』などは、まさしくそのイメージにぴったりなのだ。対して幸村《ゆきむら》は人を惹《ひ》き付《つ》ける魅力こそあるが、自らが先頭に立って引っ張っていくタイプではない——少なくとも、多くの生徒にはそう見えている」

　幸村が決して大人しいヤツじゃないことを俺《おれ》たちは知っているが、幸村のことをそんなに知らない大多数の生徒にとっては、物静かで……悪く言えば『頼りない』ように見えてしまうのだろう。

「……となると幸村が勝つのは難しい、か……」

　整然とした夜空《よぞら》の説明に不本意ながら納得してしまい、声を落とす俺。

　しかし夜空は、なぜかふてぶてしい笑みを浮かべた。

「なにを言っているのだ小鷹《こだか》」

「え？」

「イメージなど覆せばいいだけだ。……お前を推薦人に選んだ幸村の選択は間違っていないぞ」

「お、おう……？」

自信ありげな夜空に、俺は首を傾《かし》げるしかなかった。

☺

立候補期間が終わり、一週間の広報活動期間も終わり、ついに迎えた立会演説会および投票日当日。

体育館のステージの上で、俺は幸村および他《ほか》の会長候補とその推薦人たちと並んで、パイプ椅子《いす》に座っている。立候補者が多いので今日行われるのは会長選だけで、他の役職はまた後日となる。

幸村の演説は最後から二番目。

五人の会長候補者とその推薦人の演説および一般生徒からの質疑応答が終わり、ついに俺たちの番がやってくる。

立ち上がり、幸村と二人でステージの中央へと歩いて行く。

演説は推薦人、候補者の順番なので、まずは俺からだ。

「ご武運を」

マイクの前に立った俺のうしろから、幸村が小さく言った。

俺《おれ》は小さく深呼吸し、体育館を見渡す。

全校生徒がざわつきながら俺を見つめている。「なにあの人、ヤンキー？」「あれが推薦人？」とか戸惑いの声も微《かす》かに聞こえる。

頭が真っ白になり、冷や汗がダラダラと流れる。

教室で挨拶《あいさつ》するだけでも緊張する俺には、この舞台は荷が重すぎる。他の奴《ほかのやつ》らはよくもまあこんな大勢の前で堂々と演説ができたものだ。こんなプレッシャーに耐えられる奴らなら、もう誰《だれ》が会長になってもいいんじゃないかと思えてくる。

俺は演説の内容が書かれた紙を握りしめ——それを開かずにポケットに突っ込んだ。

推薦人をやることに決まってから今朝まで、夜空《よぞら》に何十回も書き直させられた応援演説の原稿。

その内容とは、かつて手の付けられないほどの不良だった俺が楠《くすのき》 幸村《ゆきむら》の情熱的な指導によって更生していったという**大嘘**《おおうそ》が丁寧な筆致《ひっち》で書かれた、熱血教師モノのドラマやヘレン・ケラーの伝記を彷彿《ほうふつ》させる愛と感動の**フィクション**であった。

「頼りない」というイメージを覆すために夜空が提案した戦術。それは、「わかりやすい実績」をでっち上げることだった。

悪名高い羽瀬川小鷹《はせがわこだか》が、見かけに反してクソ真面目《まじめ》な口調で「幸村さんのおかげで僕は生まれ変わることができました」という話をすれば、幸村の印象は一気に変わる。

元不良本人の口から語られる「不良を更生させた」という実績は、他の候補者の「部活動でリーダーシップを発揮した」とか「クラス委員長として文化祭を成功に導いた」といった実績が霞《かす》むような強いインパクトを与えるだろう。

しかし――。

「駄目です。ぜったいに駄目です。却下です」

ようやく夜空からＯＫが出た原稿を幸村に読ませたところ、怒りの滲《にじ》んだ鋭い口調で否定された。

「な、なんでだよ!?　この演説なら夏《なつ》に勝てる可能性が――」

反論しようといた俺の言葉を遮《さえぎ》り、

「そのような方法で勝っても意味がありません。わたくしは、ありのままの小鷹先輩に、わたくしのことを応援してほしいのです」

そうだった。

こいつはいつでも真《ま》っ直《す》ぐで馬鹿《ばか》正直で、どれだけ時間がかかろうとも正攻法で攻めてくるヤツだった。

正しくなくてもいい。間違っていてもいい。嘘でもいい。本物じゃなくてもいい。そこに優しい救いがあるのなら、俺《おれ》個人のことなんてどうでもいい——俺の抱える歪《いびつ》さに、幸《ゆき》村《むら》はいつだって真正面から斬《き》り込んできた。

そんな幸村が、こんな作り話で人を騙《だま》すようなやり方を許容《きょよう》するわけがなかったのだ。

「芯《しん》から武士《もののふ》だな……お前は」

俺の感嘆《かんたん》と呆《あき》れの混じった言葉に、

「わたくし、不器用ですゆえ」

そう言って幸村は儚《はかな》げに微笑《ほほえ》んだ。

……というわけで、苦労して書き上げた原稿はボツに。せっかく協力してもらった夜空《よぞら》には悪いが、一週間の文章特訓は入試の小論文にでも活《い》かすとしよう。

俺は強《こわ》ばった顔の筋肉を無理矢理《むりやり》動かしてスピーチを開始する。

『あ、あー……そ、その、くすのっ！』

キイイイイン！

耳をつんざくハウリングに顔をしかめる。マイクなんてカラオケでしか使ったことないから、声の加減がわからない。

『……く、楠《くすのき》幸村の推薦人、3年2組のはぜがわ——』

いかん、今度は声が小さすぎて後ろまで届いてない気がする。しかもやたら低くなってしまい、前の方の生徒の顔が露骨《ろこつ》に引きつった。

『……さ、3年2組の、羽瀬川小鷹《はせがわこだか》、です』

とりあえず大きさはこんな感じだろうか。

『……あー、なんつーか、この楠幸村は……すごいヤツだ、です。見た目は大人しいけど全然そんなことはなくて、なんか、とにかくすごい、です。やるときはやるっつーか、一度やると決めたことは絶対にやりとげる意志の強さ？　漢《おとこ》らしさ？　みたいなのがある、あります、あると思います。どれくらい凄《すご》いかというと、たぶん、さ、真田幸村《さなだゆきむら》くらい？　すげえんじゃねえかなと思う、ます……』

原稿もなく、ガチガチに緊張して頭真っ白で挑んだ俺の応援演説は、それはもう無様なモノだった。それでも、俺が心から幸村のことを凄いヤツだと思っていて、本気で生徒会長に相応《ふさわ》しいと思っているということだけは伝わってくれたと信じたい。

『ただいまご紹介にあずかりました、2年4組、楠幸村です――』

続く幸村の演説は、俺とは大違いの実に落ち着いたものだった。

内容は、会長の遊佐葵《ゆさあおい》に誘われ生徒会会計として活動してきて、非常にやりがいがあったので、次は会長として頑張りたい。活動方針は葵の路線を引き継ぎ、執行部の下に有志の補助組織を作り一般生徒との連携をさらに密にしていく――。

経験者ならではの内容と柔らかな語り口で、人の心を惹《ひ》き付《つ》ける良い演説だった。その証拠に、演説が終わったあと本日一番大きな拍手が起こった。

続いて、一般生徒から候補者に対する質疑応答の時間に移る。

これに対する受け答えも、選挙に重大な結果を及ぼすことになるだろう。

『では、楠《くすのき》候補に質問のある方は挙手をしてください』

司会の葵《あおい》の言葉に、会場の中央あたりで真っ先に手が挙がった。

『ではそちらの方《かた》』

葵に指示され、選管スタッフがマイクを持って挙手した生徒のもとへ向かう。

その人物に注目し、俺《おれ》は思わず声を上げて固まった。

「んなっ……!?」

幸村《ゆきむら》も声こそ上げなかったが、同じく驚愕《きょうがく》の色を浮かべている。


手を挙げていたのは志熊理科《しぐまりか》だった。

普通に女子の制服を着て、彼女の所属するクラスの生徒に混じってパイプ椅子《いす》に座っている。一応クラスに在籍こそしていたものの、入学以来一度も授業に出てなかった理科が、なぜここに……!?

理科と同じクラスの生徒達《たち》も一様に戸惑いの色を浮かべている。

スタッフからマイクを受け取り、理科が立ち上がる。

『では質問させていただきます。楠さんは会長に誘われて生徒会に加わったそうですが、ではなぜ、現会長の遊佐《ゆさ》さんや同学年のお友達ではなく、あえてそちらの羽瀬川小鷹《はせがわこだか》先輩なんかを推薦人に選んだのですか？』

なんかって……。

理科の問いに、幸村は一瞬だけ忌々《いまいま》しげに歯噛《はが》みしたあと、いつもの平静な声音で堂々と答える。

『それはわたくしが、こちらの小鷹先輩とお付き合いしているからです』

幸村の発言に生徒たちがざわめくが、意に介さず幸村は続ける。

『恋人である小鷹先輩こそが、わたくしのことを誰《だれ》よりもよく知っており、誰よりもわたくしのことを想《おも》ってくださっているお方ですので、推薦人をお願いしたのです』

淡々とした口ぶりだったが、そこには明らかに挑発的な色があった。それを感じ取った理科が「ぐ……」と小さく呻《うめ》く声を、マイクが拾った。

『え、えーと……。……ということは、楠さんは羽瀬川先輩とエッチしてるんですか？

ヤりまくりですかー？』

な、なんてこと訊《き》きやがる⁉

思わず叫びそうになるのをどうにかこらえる。

『せ、選挙と関係のない質問は控えてくだしゃいっ⁉』

顔を真っ赤にして葵《あおい》が注意するも、理科《りか》は顔を赤くしながらも冷静に、

『生徒の代表たる生徒会長の素行は、学園の風紀に大いに関係があると思います』

『むぎゅっ⁉　そ、それは……そう、かも……？』

葵はあっさり言いくるめられてしまった。

幸村《ゆきむら》は小さくため息をつき、

『……わたくしと小鷹《こだか》先輩は清い交際を続けております。えっちはしておりません』

『じゃあどこまでヤったんですか⁉』

『…………きすはしました』

顔を赤らめて答えた幸村に、会場は「おおーっ」と盛り上がる。なんかもう、選挙の演説会とは思えない変な空気になってしまった。

『ひゅーひゅー。アツいねー』

理科が完全な棒読みで茶化《ちゃか》し、『質問は以上です』とマイクをスタッフに返そうとした。

しかしそれを幸村《ゆきむら》が止める。

『わたくしからもあなたに質問があります』

『なんでしょう?』

『……どうしてこのようなことをなさるのですか?』

淡々としながらも怒気を孕《はら》んだ幸村の問いに、理科《りか》は周囲の男子生徒たちが見とれてしまうほどの、花が咲くような笑顔を浮かべ、

『いやがらせ♥』

『…………そうですか』

幸村もまた理科に対抗するように、彼氏の俺《おれ》でさえ見たことがないほどの可憐《かれん》な満面の笑みを浮かべ、

『……引きこもりの干物《ひもの》娘がわざわざご苦労様でした。永遠に薄暗い部屋の中でおなにーでもしていればよいものを』

『ええそうさせてもらいます。それでは』

お互い笑顔なのに会場が凍《い》てつくような殺伐とした応酬《おうしゅう》の末、理科は今度こそマイクを返し、そのまま体育館から出て行ってしまった。

幸村は笑顔のままだったが、横に立っている俺にだけは、彼女の強く握りしめられた拳《こぶし》

が小刻みに震えまくっているのが見えていた。めっちゃ怒ってる……。

理科とのやりとりだけで質疑応答の制限時間が過ぎてしまったので、俺たちは混乱する生徒たちを横目に、演説台をあとにすることになった。

夜空《よぞら》と星奈《せな》、小鳩《こばと》とマリアのように、顔を合わせるたびにケンカしながらも実は無二の親友という関係もあれば、幸村と理科のように、お互い表面上は笑顔を見せながらも決して相容《あいい》れることのできない関係もあるのだろう。

二人の対立が、例えば男を取り合ってケンカしたからとか、趣味が合わないからとか、そんなふうにわかりやすく一言で説明できてしまうような簡単な構造であったのなら、俺の介入する余地もあるのかもしれない。が、そうじゃない。残念ながらそんなわかりやすくはない。ゲームのように主人公がパパッと原因を取り除いてハイ仲直りというわけにはいかない。

きっと世の中に山ほどあるような、ごくありふれた極めて複雑な心と心の衝突がここにもあって、そこに俺の出る幕などないのだろう。

人間関係って本当に難しい。

友達がいなかった頃《ころ》にも同じことを思っていたけれど、他《ほか》の人と関《かか》われば関わるほどに、俺はますますそれを強く実感するようになっていた。……いや、『人間関係は難しい』という陳腐《ちんぷ》な言葉の本質の、その尻尾《しっぽ》の先がようやく僅《わず》かに見えるようになってきた程度だろうか……。

ちなみに余談だがこの翌年——俺《おれ》たちが卒業したあと——、幸村《ゆきむら》の創設した『武士道部』と理科《りか》の創設した『発明部』はことあるごとに衝突を続け、さらには二人が高校卒業後も、幸村は『天下一ゲームズ』改め『天下一エンターテインメント』の敏腕プロデューサーとして、理科は自らの興した『シグマカンパニー』の社長として、数十年にわたって日本のエンタメ業界全体を巻き込んだ大人げないバトルを繰り広げていくのだが……これが記録に残る、楠《くすのき》幸村と志熊《しぐま》理科が争った最初の一回になるのだった。

☺

幸村の演説が終わったあと激しくざわついた場内を葵《あおい》がどうにか静め、現在壇上では七人目——最後の候補者の推薦人の応援演説が行われている。

現生徒会書記にして最有力候補・湊川夏《みなとがわなつ》。

推薦人は、現生徒会副会長・神宮司火輪《じんぐうじかりん》。

『――皆さんもご存知《ぞんじ》の通り、湊川さんは今年の七月から書記として生徒会に加わり、存分にその能力を振るってくれました。そんな彼女なら――』

実は相当ぶっ飛んだ個性を持つ火輪だが、壇上ではそんな性癖はおくびにも出さず、堅実に夏の有能な仕事ぶりや人格的魅力を、具体例を交えながらアピールする。穏《おだ》やかな口ぶりに、どこか日本舞踊を思わせる優雅な手振りも加わり、聴衆《ちょうしゅう》は火輪の演説に聴き入っていた。

続く夏本人の演説は、生徒会長になった場合の活動方針を語る堅実な内容で、幸村とは異なり『頼れる生徒会』を志向することを表明。誰《だれ》もが気軽に生徒会に依頼できる掲示板やホットラインの構築、選《よ》り抜《ぬ》きの人材によるサポート組織の設立を具体的な政策として打ち出した。力強い語り口と相まって非常に頼れる印象があり、演説が終わると幸村のとき以上に大きな拍手が起きた。

……これは、どう考えても負けたな……。

俺は落胆のため息をついた。質疑応答の時間が理科にめちゃくちゃにされたのもあるが、もっと推薦人がしっかりアピールできればよかった。自分の不甲斐《ふがい》なさが悲しくなる。

『……では、湊川候補に質問のある方は挙手してください』

どこか警戒した声音の葵に告げられ、質疑応答の時間が始まる。

『では、そちらの方《かた》』

マイクを渡されたのは一年生の女子生徒。夏《なつ》がここでしくじるとも思えないし、きっと完璧《かんぺき》に対応――

『あ、あのっ！　あなたは火輪《かりん》お姉様とどういう関係なんですか⁉』

「⁉」

演説会の質問とは思えない台詞《せりふ》に、目が点になった。

演説台の夏も「は？」と怪訝《けげん》な顔をしており、その傍《かたわ》らに立つ火輪がおしとやかな笑顔を貼《は》り付けたまま冷や汗を流している。

『楠《くすのき》先輩が自分の恋人を推薦人に選んだって聞いて、もしかしたらって思ったんです！先輩はお姉様と付き合ってるんですか⁉』

『…………はい』

しばしの沈黙のあと顔を赤らめて夏は頷《うなず》いた。

そうだったのか⁉　こいつらと一緒に生徒会の仕事してたのに全然気づかなかった！

『……私と神宮司《じんぐうじ》先輩はお付き合いさせていただいています。女同士ではないかと思われるかもしれませんが私たちは真け――』

『そんな！　火輪お姉様！　私というものがありながら！』

『え!?』と夏が驚きの色を浮かべて女子生徒と火輪を交互に見る。火輪の顔はますます引きつった。

そこへさらに別の女子生徒が立ち上がって叫んだ。

「なにを言っているの!?　お姉様はわたくしと交際しているのよ!?」

「あなたたち、いい加減になさい！　火輪はわたくしと何度も、は、肌を重ねた仲ですのよ！」「あ、あたしだって何度もお姉様に可愛《かわい》がってもらって！」「火輪さんは私のものよ！」「ふざけないで！　この泥棒猫！」「おい神宮司！　アタシたち以外にも手ぇ出してやがったのか!?」「愛してるのは私だけって言ったじゃない！」「私の身体《からだ》はもうあなた専用のボードゲームになっているのに！」

……次から次へと登場する、火輪の恋人（？）たち。

『せ、静粛《せいしゅく》に！　せーしゅくにしてくださーい！』

葵《あおい》の呼びかけはまったく効果を成さず、夏までもが、

『ど、どういうことなの先輩!?』

火輪は冷や汗をダラダラ流したまま笑顔を取り繕《つくろ》い、

「落ち着いて、みんな。私はみんなを愛しているわ。かつてある女性に振られて傷ついた私の魂を癒《いや》してくれたあなたたちを、とても大切に思っているの……」

火輪《かりん》の視線の先にいたのは、三日月夜空《みかづきよぞら》だった。

夜空はギョッとした顔で「わ、私を巻き込むな変態！」と怯《おび》えた声で叫ぶ。

『先輩はやっぱりまだ三日月先輩のことを……』

「私たちとは遊びだったということですか!?」

「ち、違うの、そうじゃないの……ええと、なんと言いますか、そのう……」

火輪は言葉を濁《にご》し、

「うっ……お腹《なか》が痛いっ……う、産まれる……！」

言い逃れ不可能と判断したらしく、逃亡を選んだ。

俺《おれ》たちが座っている場所とは反対方向、ステージ袖《そで》に向かって猛ダッシュする火輪を、

「ま、待ちなさい先輩！」

マイクをほっぽり出して追いかける夏《なつ》。

他《ほか》の火輪の恋人（？）たちもそれに続く。

『え、ええ!?　火輪!?　ちょっと！　ええ～!?』

騒然とする会場。葵《あおい》も混乱するばかりで場を収める術《すべ》を持たない。

「もうハーレムはこりごりよ～」

外からギャグマンガの終わり方のような火輪の叫びが聞こえた。

……こうして生徒会長選挙は、神宮司《じんぐうじ》火輪による学園はじまって以来の大スキャンダルにより、それどころではなくなったのだった。

「……なんだこれ……」

やっぱりハーレムなんてロクなもんじゃねえなと思うと同時に、俺は、もしかすると自分が辿《たど》っていたかもしれない一つの可能性《ルート》を視《み》た気がした。

☺

結局、その後。

会長選挙の結果は、最有力候補だった幸村《ゆきむら》と夏が仲良く落選。他にいた四人の二年生候補が二、三年の票を食い合うことになり、その結果、残った一年生の男子生徒が一年を中心に最多の票を集めて会長に当選した。

なお神宮司火輪は、学内の風紀を著《いちじる》しく乱したとして厳しい処分が下されようとしていたところを、火輪の恋人たち二十八人の嘆願により奇跡的にお咎《とが》めナシとなった。火輪マジすげえと思う反面、この学校大丈夫だろうかと思った。

再び光に背を向けた小さな翼に漆黒の魔女の祝福を（67）

「十二月二十四日の夜、わたくしと一緒に過ごしてくださいませんか」

幸村《ゆきむら》がそう言ってきたのは、クリスマスまであと一週間となった昼休みのことだった。

「二十四日って……クリスマスパーティーはどうするんだ？」

毎年十二月二十四日は、学園の体育館にて生徒会主催によるクリスマスパーティーが行われ、最近は現生徒会と次期生徒会メンバーはその準備のために働いている。

「次期生徒会に早めに慣れていただくため、当日の進行はほとんど彼らにお任せすることになったのです」

「そうなのか……」

幸村の言葉に、俺《おれ》は曖昧《あいまい》に視線をさまよわせる。

クリスマスイヴの夜。

海外では家族と過ごすのが一般的だが、日本では恋人がいる者は恋人と過ごすのが常識になっている。

夕方あたりに待ち合わせてイルミネーションに彩られた街に繰り出し、二人で美味《おい》しいクリスマスディナーを食べたあとは――ゴニョゴニョ。

　これこそが唯一絶対の大正解、絵に描《か》いたような素晴らしいクリスマスの過ごし方。

　しかし……。

「……悪い幸村。実は先約があるんだ」

「……先約、ですか」

　幸村の顔から表情が消える。怖い！

「い、いや、もちろん誰《だれ》かと二人で過ごすわけじゃないぞ⁉　二十四日の夜は、隣人部で盛大にクリスマス会をやろうって話になってるんだ。お前は生徒会のパーティーがあるから空いてないと思って……」

　後ろめたいことは何もない筈《はず》なのに、早口で言い訳っぽくなってしまった。

　俺の話を聞いた幸村は、

「……そのご予定、きゃんせるしていただくことはできませんか？」

「キャンセルって……うーん……もう約束しちまったし、小鳩《こばと》やマリアも楽しみにしてるし……」

　申《もう》し訳ないとは思いつつ、やはり断ろうとした俺に幸村は、

「いぶの夜にわたくしとせっくすしましょう」

「はあ⁉」

驚愕《きょうがく》する俺《おれ》に幸村《ゆきむら》は頬《ほお》を赤らめて、

「……わたくしと小鷹《こだか》先輩がお付き合いをはじめて、一年になりますゆえ」

幸村が告白してきたのは去年の二十四日の夜。

姫子《ひめこ》さんに一年経《た》つまで我慢すると約束した。その約束を、俺と幸村は忠実に守り通してきた。当たり前のことだがキスするたびにムラムラしてたし、一緒に観《み》た映画がちょっとエッチだったりしたときは本当に大変だった。その制約が、イヴの夜、解ける。

そうかついに……俺と幸村は……む、結ばれてしまうのか……！

口の中が渇く。心臓が早鐘を打つ。

しかし幸村はそんな俺に、さらに衝撃的な一言を放つ。

「そうでなければ別れましょう」

「……………え？」

なにを言われたのかよく理解できず、間抜けな声を上げる俺。

「いぶの夜を、隣人部ではなくわたくしと一緒に過ごしてください。そうでなければ別れましょう」

「いやいやいやちょっと待ってくれ！　なんでそんな話になる!?　クリスマス一緒に過ごさなかったら別れるって、極端すぎるだろ！」

みっともなく取り乱す俺に幸村は儚《はかな》げな微笑《ほほえ》みを浮かべ、

「以前から考えていたのです……」

「なにを!?」

「この一年間、わたくしは小鷹先輩にたいへん幸せにしていただきました。しかし、わたくしは、小鷹先輩を十分に幸せにすることはできませんでした」

「そ、そんなことないぞ？　お前と一緒にいるのは楽しいし、色々新鮮だし、心地いいっていうか……いやほんとに、本気でそう思ってる」

「ですが、隣人部にいるときほどではないのでしょう？」

「……！」

「わたくしは、わたくしを幸せにしていただいた以上に、小鷹先輩を幸せにしてさしあげたいのです。しかし小鷹先輩は、わたくしと一緒にいるときより、隣人部にいるときのほうがずっと生き生きしておられました」

「…………」

その言葉を、俺《おれ》は否定することができなかった。

「で、でも、だからってなんで別れるなんて話になるんだ!?　これまでどおり隣人部は隣人部、お前はお前でいいじゃないか!　仮に……仮にだぞ、隣人部での時間のほうが幸せだとしても、お前と過ごす時間だって幸――」

「時間は有限なのです、小鷹《こだか》先輩」

俺の言葉を遮《さえぎ》り、幸村《ゆきむら》は言った。

「小鷹先輩はこれまでも、お忙しいなか時間を作り、わたくしと過ごしてくださいましたね。理科《りか》どのとの食事の時間、部活動の時間、受験勉強の時間……」

「そりゃ……付き合ってるんだから当然だろ?」

「小鷹先輩のそのお心遣《づか》いは、大変嬉《うれ》しく思います。ですがもう……高校生活は、隣人部の時間は、あと三か月しかないのです」

「……!」

幸村の言葉に、俺は愕然《がくぜん》とする。

気づいていないわけじゃなかった。

考えないように、必死で目を逸《そ》らしていたのだ。

「わたくしと過ごす時間を作るということは、小鷹先輩にとって最も幸せな時間を削るということです」

「そ、それは……」

「小鷹先輩はお優しいですから、都合のよいときだけわたくしを性欲のはけ口にするようなことはできないでしょう?」

「あ、当たり前だ!」

真っ赤になって答える俺に、

「でしたらやはり……選んでいただくしかありませんね」

「選ぶ……」

「わたくしと付き合って一年目の、くりすますいぶ……区切りにはちょうどよいでしょう。わたくしと隣人部、どちらかを選んでください。それで、もしもわたくしを選んでいただけるのであれば、いぶの夜にわたくしを抱いてください。その暁《あかつき》には、わたくしは、わたくしの身命《しんめい》を賭《と》して小鷹先輩を幸せにいたします。そうでないのなら、別れましょう。わたくしは小鷹《こだか》先輩にどのような扱いをされてもかまいませんが、自分が小鷹先輩の幸せを邪魔することだけは、どうしても許せないのです」

俺《おれ》に告白してきたときと同じように、俺の顔を真《ま》っ直《す》ぐに見て、淡々と告げる幸村《ゆきむら》。

俺はそんな彼女を長い間見つめたのち、ようやく言葉を絞り出す。

「……ちょっと……考えさせてくれ」

クリスマスイヴは恋人と過ごす日である。

隣人部のみんなと過ごすクリスマスイヴはこれが最後かもしれないが、同じようなパーティーをするチャンスならまだある筈《はず》だ。

幸村と過ごす時間は楽しかった。心地よかった。こんな俺と一年近くも付き合ってくれた最高のカノジョだ。

俺の幸せを考えて自分からこんな無茶《むちゃ》な提案をするほどに、一途《いちず》に俺を想《おも》ってくれている優しく強い女の子。

イヴの日に一緒に過ごせば、そんな幸村とこれからも一緒にいられる。そうでなければ破局。

どちらを選ぶのが正しいかなんて誰《だれ》が見ても明らかだ。

正しさなんて抜きにしても、俺はぶっちゃけ、幸村とエロいことがしたい。ものすごくしたい。

隣人部でのパーティーはキャンセルして、クリスマスイヴは幸村と過ごすんだ。

それが絶対的に正しいことなんだ。

いかに頭が悪くてコミュニケーション能力に欠ける俺だって、こんな超簡単な選択肢を間違えるわけがない。

間違えるわけが、ない。

そう思いながらも。


——時間は有限なのです、小鷹先輩。

——高校生活は、隣人部の時間は、あと三か月しかないのです。

幸村の言葉が、俺の頭のなかでずっと反響していた。

☺

そしてやってきたクリスマスイヴ。

「「「「メリークリスマス！」」」」

声だけは元気に揃《そろ》ったが、ぱん……ぱぱん、ぱん、ぱん…ぱん……と揃わない残念なクラッカー。

部屋の中央には、天井まで届きそうなほどの大きなモミの木。電飾がこれでもかというほどにぐるぐる巻かれ、白い綿や松ぼっくりやクリスマス用オーナメントの他《ほか》、てるてる坊主、アニメキャラのフィギュア、ロボットのプラモデル、ポテチの袋、眼鏡、エロゲーのＤＶＤなどが節操なく飾り付けられている。ツリーの頂点、普通なら星の飾りが輝いている筈《はず》の場所には、ちょうどいいサイズの商品が品切れで手に入らなかったので、代わりにハゲヅラが輝いており、もはやこれを本当に『クリスマスツリー』と呼んでいいのかさえ疑わしい。

壁には色紙《いろがみ》で作られたチェーンの他、大量の靴下が吊《つ》り下げられている。靴下といってもサンタがクリスマスプレゼントを入れるための大きな靴下ではなく、普通の靴下やニーソックス、あとなぜかタイツもある。

テーブルにはポテチやポッキーなどのお菓子や、唐揚げやパエリアなどの料理が並べられ、その中心には黒焦げの七面鳥の丸焼きが鎮座している。……初めて作る料理だったのと、集中を欠いていたのが原因で、久々に料理を大失敗してしまった。

十二月二十四日、午後七時。

俺《おれ》は、隣人部の部室にいる。

黒いマントにとんがり帽子の魔女の格好をした夜空《よぞら》、ミニスカサンタの格好をした星奈《せな》、ばかでかい星のかぶり物をしている理科《りか》、赤いゴスロリドレスの小鳩《こばと》、トナカイの着ぐるみを着たマリア、そしてサンタクロースの衣装を着た俺。

……笑いたければ笑え、罵《ののし》りたければ罵れ。

最高に可愛《かわい》い女の子とエロいことができるチャンスを全力で棒に振り、この手作り感溢《あふ》れる残念な会場で部活の仲間たちとのクリスマス会に参加している、スーパー大馬鹿《ばか》野郎がここにいた。

料理を食べ、PS3のカラオケソフトで歌をうたい、火輪《かりん》に借りた軽めのボードゲームで遊び、プレゼント交換をする。

なんの変哲もない、同じような光景が世界中で繰り広げられているであろう、賑《にぎ》やかで楽しい、賑やかで楽しいだけの、普通のクリスマス会だ。

「喜べ！　貴様らに私からもう一つプレゼントがある！」

プレゼント交換が終わった直後、急に夜空《よぞら》が言い放った。

「プレゼント？　もう一つ？」

不思議そうな顔をする部員たちに、夜空はニヤリと笑い、部屋の隅にあったクローゼットに小走りで近づき、扉を開けながら声高に宣言する。


「新入部員だ!!」


……!?

クローゼットの中からくたびれた様子でのっそりと出てきたのは、メイド服を着た一人の少女。

楠《くすのき》幸村《ゆきむら》だった。

「ゆ、幸村ァッ!?」

あまりにも意外すぎるものが出てきて、俺《おれ》は裏返った声を上げた。

幸村はそんな俺に力なく微笑《ほほえ》んだあと、同じように驚いている隣人部メンバーたちに目をやってぺこりと一礼し、

「……恥ずかしながら帰ってまいりました」

夜空は幸村の肩をぽんぽん叩《たた》きながら、心の底から愉快そうに語る。

「なんとここにいる楠幸村は、よりにもよってクリスマスイヴの三日前に彼氏に振られてしまったのだ！　フハハ、なんという非リア充！　ここまで圧倒的に可哀想《かわいそう》な女など今夜世界中を探してもそうそういまい！　私たちよりも遙《はる》かに不幸だと言えよう！　フハハハハハざまあみろ！」

「ぐ、ぐぬぬ……」

唸《うな》って肩を震わせる幸村を夜空は容赦なく笑い、

「そんなスーパーウルトラ非リア充のこいつが、我が隣人部に相応《ふさわ》しい逸材であることに議論の余地はあるまい！　そうだな!?」

夜空が部員たちに問いかけ、

「ま、まあ、そうね……そんなのあたしでも泣いちゃうわ」と本当に同情的な様子の星奈《せな》。

「ククク……」と複雑そうな顔でとりあえず含み笑いをする小鳩《こばと》。「あはは、幸村はかわいそーだなー！」と多分何も考えてないマリア。

理科《りか》は何も言わず、幸村にものすごく優しい眼差《まなざ》しを向けてにっこり笑い、そんな理科に幸村は頬《ほお》をビキビキと引きつらせながら笑みを返した。

「よしっ！　では楠幸村を歓迎して盛大な拍手を！」

部員たちが大きな拍手を幸村《ゆきむら》に送る。

未《いま》だ戸惑いが消えない俺《おれ》は、幸村と目が合って、お互いに曖昧《あいまい》な薄笑いを向け合う。

数日間さんざん悩み抜いて幸村に俺の答えを告げたときは、二度と顔を合わせられない覚悟を決めたってのに……。

「それでは幸村よ！　入部の挨拶《あいさつ》になにかひとこと言ってやれ！」

夜空《よぞら》にマイクを向けられ——幸村はすうっと大きく息を吸い、

「りあじゅうは死ね————————————っ!!」


聖なるこの夜に。

楠《くすのき》幸村の魂の叫びは、礼拝堂中に響き渡った。

主人公《メイン・ヒロイン》(59)

元日の朝。俺と小鳩《こばと》と父さんは、柏崎《かしわざき》邸でお節料理をご馳走《ちそう》になっていた。

天馬《ぺがさす》さん、星奈《せな》、ステラさん、そして夜空もいる。

天馬さんは紋付袴姿《もんつきはかますがた》、女性陣は三人とも華やかな着物姿。対する羽瀬川《はせがわ》家は、俺と父さんが正装にはほど遠い普段どおりの冬服で、小鳩もゴスロリではなくセーターを着ている。

夜空が柏崎邸に住むようになって、既に四ヶ月近くが経《た》つ。たまに家に帰っているとは聞いているが、まだ柏崎家の世話になっているということは、母親との関係はうまくいっていないのだろう。

「……ときに夜空くん」

食事中、不意に箸《はし》を置き、天馬さんが改まった口調で切り出した。

「ふぁい？」

お雑煮の餅《もち》を一生懸命咀嚼《そしやく》していた夜空が、天馬さんを見る。

天馬さんは夜空が餅を飲み込むのを待ってから、

「正式に我が家の子供にならないかね？」

夜空《よぞら》の目が驚愕《きようがく》に見開かれる。俺《おれ》と小鳩《こばと》も驚くが、父さん、星奈《せな》、ステラさんの三人は事前に相談を受けていたのか動揺した様子もなく、黙って夜空へと視線を向けた。

「え、あ、え……？」

混乱している夜空に、天馬《ぺがさす》さんは静かに語りかける。

「つまり、柏崎《かしわざき》家の養子にならないかということだ」

「養子……」

「出過ぎた真似《まね》かとは思ったが、私のほうで君の家庭環境について調べさせてもらった。失礼だが……はっきり言おう。君の母君は、親としての資質に欠けていると言わざるを得ない。君の将来のことを考えると、うちに養子に入るべきだと私は思う。私だけでなく、星奈もそれを望んでいる。……もちろん返事は今でなくてもいい。じっくり考えて決——」

「いいえ」

天馬さんの言葉を遮《さえぎ》り、夜空ははっきりと答える。

「せっかくですが、そのお話はお断りします」

「なんでよ!?」と星奈が声を荒げる。

すると夜空は、笑った。

その笑みは諦念《ていねん》に支配された儚《はかな》げなものではなく、優しく清々《すがすが》しいものだった。

「あんな人でも、私にとっては母親ですから。以前にもあの人から離れる機会は何度かあったんです。両親が離婚したときもそうですし……バイト先の古本屋の主人にも、養子になるよう誘われたことがありますし。でも私は、これまでの自分の選択を否定したくありません。どれだけ傷つくことになっても、何度間違えても……自分自身を裏切ることだけは絶対にしない」

——だってそれが、私だから。


「それに……」と、夜空はどこか悪戯《いたずら》っぽい眼差《まなざ》しを星奈に向けた。

「柏崎星奈の妹になるなど、まっぴらごめんですから」

「あ、あんたねえ……」

星奈は拗ねたように口を尖《とが》らせた。


……これが、三日月《みかづき》夜空の生き方か。

どこまでも不器用で、どれだけ傷つこうとも、自分の選んだ道を貫き通す——。

ああちくしょう、かっこいいな。

それはまるで物語の主人公のようで。

主人公になり損なった俺《おれ》には、どうしようもないほどに眩《まぶ》しく見える。


と、そこでステラさんが口を開いた。

「まあ、べつに養子になどならなくても夜空《よぞら》なら大丈夫でしょう。夜空にはいずれ私の後継者として柏崎《かしわざき》家の家令《かれい》になってもらいますから。そうなれば柏崎家の影の支配者として土地もお金も権力も使い放題……人生勝ち組コース大爆走です」

「ええ!? そ、そうなの!?」

「ちょ、ちょっと待ちなさいステラ! そんな話は初耳だぞ!?」

驚く星奈《せな》&天馬《ぺがさす》親子を横目に、ステラさんは夜空に稚気《ちき》のある笑みを向ける。

「……こういう道なら、どうですか?」

「……そうですね。金持ちの娘として生きるより、影の支配者のほうが私好みです」

そう言って夜空は愉快そうに唇を歪《ゆが》めた。


……これが、のちに《柏崎家の黒宰相》として政財界にその名を轟《とどろ》かせることになる、三日月《みかづき》夜空の伝説の幕開けだった――……。

贈る言葉（0）

冬休みが明けてからは、さすがに隣人部のみんなで揃《そろ》ってなにか活動する余裕はなくなった。

しかしそれでも俺たちは放課後は部室に集まり、三年生の俺たちは受験勉強に集中し、小鳩《こばと》も期末試験で赤点を取らないようマリアに勉強を教わり、再びメイド服を着るようになった幸村《ゆきむら》は俺たちにコーヒーを入れ、理科《りか》は退屈そうにしながらも勉強の邪魔にならないよう一人でＢＬ同人誌を読みふけっていた。

その結果、俺は滑り止めの私立は全《すべ》て合格し、本命の国公立大学の試験でもかなりの手応《てごた》えを感じていた。

夜空の受験した大学はこの地方で一番の難関だが、問題なく合格していることだろう。卒業後はステラさんのもとで家令見習いとして働きながら大学に通うらしく、いかに家令の仕事と大学生活を両立させるかが課題になりそうだ。

星奈はというと、なんと俺と同じ大学の同じ学部を受験した。俺の志望校は偏差値的には中の上といったところで、星奈のレベルには正直まったく相応《ふさわ》しくない。担任教師、天馬《さす》さん、ステラさん、夜空《よぞら》、そして俺《おれ》が、揃《そろ》ってもっとよく考えて決めるようにと説得したものの、星奈《せな》は耳を貸さなかった。

「言ったでしょう？　あたしは欲しいものは絶対に手に入れるって。だから小鷹《こだか》、覚悟しておきなさいよね」

そう言って美しい獣のように笑う星奈に、俺は「やっぱりこいつにはかなわないな……」という諦念《ていねん》を覚えた。……そして、そのことが決して嫌ではない自分を自覚していた。

小鳩《こばと》は期末試験でも健闘し、来年からは無事に高等部に進める予定だ。

マリアは来年も引き続きクロニカ学園高等部での勤務が決定している。

ついでに日向《ひなた》さんは、どうにか期末試験で赤点を免《まぬが》れ、今度こそちゃんと卒業できることになった。

葵《あおい》は関西の私立大学に進学が決まり、火輪《かりん》は北海道の大学に行くらしい。

それからケイトは、先月還俗《げんぞく》してシスターをやめ、料理店や引っ越し会社や家電量販店のバイトでお金を稼ぎがてら「家庭で役立つ技術や知識」をもりもり習得している。本当にどうなるんだ……。

みんながそれぞれの進む道を決め、残された日々を惜しむように、ひたすらに楽しく賑《にぎ》やかに過ごし——。

そしてついに、卒業の日がやってきた。

卒業式を終え、最後のホームルームを終えた俺、夜空、星奈の三人は、揃って隣人部の部室に向かった。

それからしばらくして、理科《りか》、幸村《ゆきむら》、小鳩、マリアも部室にやってくる。

——卒業式の日、隣人部のみんなで改めて『卒業式』をしませんか。

そう提案したのは、理科室登校で普通の卒業式に出る予定のない志熊《しぐま》理科だった。

俺たちはもちろんその提案に賛成し、今、七人だけの卒業式が始まった。

長方形のテーブルに卒業生三人と在校生三人が向き合って座り、お誕生日席には顧問のマリア。

「それでは……送辞《そうじ》。在校生代表、志熊理科」

「はい」

司会者役の幸村《ゆきむら》が淡々と言って、理科《りか》が椅子《いす》から立ち上がり、話し始める。

「ええと……なんと言いますか……あはっ……自分でやりたいって言っておいてアレですが、送辞《そうじ》なんて何を言えばいいのかよくわかりませんね」

照れ笑いを浮かべる理科。

「……えっと……まあ、その、理科は皆さんご存知《ぞんじ》のとおり理科室登校で、クラスに顔を出すことが一度も……あー、一回だけ幸村くんへの嫌がらせのために紛《まぎ》れ込んだことはありましたけど……まあ、ほぼなかったと言っていいでしょう。……そんなわけで、理科にとっては理科室で一人で過ごす時間と、隣人部で過ごす時間が学園生活のほぼ全《すべ》てだったわけなんです。あはは……もし隣人部がなかったら、ずーっと一人ぼっちで理科室で過ごしてた……いや、きっと途中でイヤになって学校やめちゃってたかな……そう考えるとゾッとしますね……」

苦笑いを浮かべ……そして理科の瞳《ひとみ》にじわりと涙が滲《にじ》む。

「夜空《よぞら》先輩。隣人部を創《つく》ってくれてありがとうございました。色々ひどいこと言っちゃってごめんなさい。……ありがとうございました」

理科は夜空に向けて深々とお辞儀をし、夜空は目に涙を浮かべて洟《はな》をすする。

顔を上げた理科は今度は俺《おれ》を見て、

「小鷹《こだか》」

「…………」

「ご、だかぁ」

「……おう」

理科の目からついに涙があふれ出す。

「小鷹と逢《あ》えでよがっだ。そづぎょうしでがらも、ぼぐと友達でいてくだざい」

俺の滲む視界の中で、理科が顔をぐしゃぐしゃにして笑った。

「……当たり前だろ」

俺も精一杯口元を笑みの形に歪《ゆが》め、小さく答えた。

「ええと……い、以上、送辞、志熊《しぐま》理科でしたっ。あー恥ずかしい！」

ぺこりと一礼して、理科は椅子に座って突っ伏してしまった。

「……引きこもりにしては頑張ったのではないでしょうか」

ボソリと幸村が言って、理科は突っ伏したまま「うるさいなーもう……」と拗《す》ねたように呻《うめ》く。……ちなみに、幸村の目も赤くなっていた。

「……それでは続きまして、答辞《とうじ》。卒業生代表、柏崎星奈《かしわざきせな》」

「え!? あたし？ なんであたしが？」

指名された星奈は驚いた顔で幸村《ゆきむら》に訊《たず》ねる。

「成績で選んだだけです」

「い、イヤよ答辞なんて、恥ずかしい」

卒業生代表、前代未聞の答辞拒否。

……まあ、事前に誰《だれ》が答辞をやるか決めていたわけじゃないからな。

「答辞なんて夜空《よぞら》がやんなさいよ！ あんた口だけは達者なんだし！」

「わ、私だってイヤだ！ 恥ずかしい！ 小鷹《こだか》がやってはどうだ？」

夜空に話を振られ、俺《おれ》も全力で首を振る。

「お、俺もイヤだよ！ ……つーか、人前で演説みたいなことするのはマジで駄目なんだよ俺……」

いかん、立会演説会のときのトラウマが蘇《よみがえ》ってきた。

「……そんなみんなして恥ずかしい恥ずかしい言われると、送辞《そうじ》をやった理科《りか》の立場はどうなるんですかね……」

赤い目の理科が顔を上げ、俺たちにジト目を向けた。

そこへ幸村が、

「……卒業生が答辞を拒否しましたので、答辞はなしといたします。理科どのの言葉は誰にも届きませんでした。はっはっは、ざまあ」

「うをぉぉいっ！　ちょっと表出ろやぁ幸村ァ！」

ヤンキー口調になって絡む理科を幸村は完全にスルーし、

「では最後に、先生からお言葉をいただきます。マリアどの、どうぞ」

「んー、しょーがないなー」

マリアはめんどくさそうに立ち上がり、話し始める。

「うーん……そうだなー……えっとなー？　ハッキリゆって、オマエたちはうんこです」

「貴様……」

夜空が苦笑いを浮かべる。

「……じつはワタシもなー、昔はちょっとうんこだったのだ。ワタシは天才だったので、昔高校に行ってたときもあったんだけどなー、あの頃《ころ》のワタシは、ちょっとうんこだったので、ちょっと……けっこう……いっぱい失敗しました」

どこか懐《なつ》かしそうに、辛《つら》かった過去を微笑《ほほえ》みとともに語るマリア。

「オマエらはうんこなので、これからもたくさん失敗すると思います。天才のワタシでもそうだったので、馬鹿《ばか》なオマエらはもっとそうだと思います」

マリアは優しげな笑みを深め、

「……でもな、多分、絶対……そうゆうのはいつかきっと全部乗り越えられます。どんだけ痛い目にあっても、なんかそのうち大丈夫になります。天才のワタシが言うので間違いありません。オマエらはうんこなので、他《ほか》の人よりもいっぱい失敗してきたし、これからもします。だからオマエらは、他の人よりももっとずっと大丈夫な人になれます。このワタシが言うので、絶対に間違いないと思います。オマエらと一緒に残念な青春を送ることができて、ワタシはとてもよかったと思います。ちょう楽しかったですっ」

一人のシスター、一人の先生——先を生きる者——の、慈《いつく》しみに満ちた顔になって、隣人部顧問、高山《たかやま》マリア先生は丁寧に贈る言葉を紡《つむ》ぐ。

「三日月夜空《みかづきよぞら》」

「柏崎星奈《かしわざきせな》」

「羽瀬川小鷹《はせがわこだか》」

卒業おめでとう。
君たちの未来が
輝かしいものでありますように。

振り返ってみれば、俺《おれ》たちはみんなで何か凄《すご》い困難を乗り越えたり、大きな目標に向かって一丸となって頑張ったり、劇的な問題を解決したりは一切しなかった。

そう高くもない壁を各自が勝手に乗り越えて成長し、世界中の誰《だれ》もがそうであるように一人一人が抱えていた問題は、物語のようにスペシャルな主人公が介在することなどなく、なんとなく自分の中で折り合いをつけたり、流れる時間の中で薄れていった。

なんとなく集まった連中が、友達関係や恋愛や進路や家族関係といったそれなりにありふれた問題にありきたりに直面したものの、普通に解決されたり解決されなかったりして、普通にダラダラ過ごした——それが俺たちの青春の全《すべ》てだった。

残念な青春。

間違った青春。

たしかにそうかもしれない。

そうかもしれないが——しかし。

だからといって、別れが寂しくない理由になんてならない。

このとめどなく溢《あふ》れる涙を、止める理由になどならないのだ。

部室の中に、七人分の泣き声が響き渡る。

マリアの話が終わったあと、真っ先に大きな声で泣き出したのは夜空《よぞら》だった。そんな夜空に釣られるように星奈《せな》と理科《りか》が泣きじゃくり、幸村《ゆきむら》と小鳩《こばと》は静かにすすり泣いている。マリアは「しょうがないなーオマエらは」なんて言いながら、優しい顔で目に涙を浮かべている。

俺だけは胸を張って言おう。

他《ほか》の誰も認めなくても、誰も納得しなくても、誰に残念と言われようとも、俺だけは精一杯の強がりの笑みを浮かべて全力でこう叫んでやろう。

いい青春だった！

エピローグというかただのオマケというかツマミのようなもの

最初に言っておくがこれは幻覚である。

気がつけば俺《おれ》たちは南の島にいた。

南の島と言っても実際はいろいろあるのだが、まあその単語を聞いて大抵の人が漠然と思い浮かべるような、いわゆるトロピカルだったり綺麗《きれい》な海だったりヤシの実だったりフラダンスだったり常夏で楽園な感じをイメージしてもらえればそれが正解だ。

そんな楽園を俺たち『隣人部』の面々は満喫《まんきつ》していた。

ビーチチェアに座って日光浴をしながら、俺は浜辺の方に目をやる。

白いスクール水着を着たマリアと、布面積がやたら少ないローライズビキニ姿の小鳩《こばと》が、仲良く砂でお城を造っている。

「あにき。じゅーすはいかがですか」

横から声をかけられてそちらを見ると、パレオの付いた可愛《かわい》いセパレート水着を着た幸《ゆき》村《むら》が、グラスの縁にフルーツが飾られたトロピカルな感じのジュースを持って柔らかく微《ほほ》笑《え》んでいた。

い。
「ああ、ありがとう」
幸村からジュースを受け取り、飲む。濃厚な甘みと爽《さわ》やかさが同居していてとても美味《うま》
い。
俺のビーチチェアから少し離れたところでは、眼鏡をかけた一人の少女が俺と同じよう
に椅子《いす》に座り、ジュースを片手に本を読んでいる。
髪型はポニーテール、ワンピースの水着の上に何故《なぜ》か白衣を羽織っているその少女の名
は志熊理科《しぐまりか》。
読んでいる本はユニコーンガムダン×オヴァンゲリエン初号機のBL同人誌だ。
さらに海の方に目をやると、二人の少女が楽しそうに水をかけあって遊んでいる。
「あははっ、それ〜♥」
「きゃっ、冷た〜い♥」
派手な柄のビキニを着た、金髪碧眼《へきがん》でスタイル抜群の美少女は柏崎星奈《かしわざきせな》。
その相手をしている黒髪の少女は三日月夜空《みかづきよぞら》。
夜空が着ているのはなんというかセクシーとかキュートとか萌《も》えといった単語とは無縁
の、足から首までを覆い隠す、白と黒の縞模様《しまもよう》のフルボディの水着。
笑顔でキャッキャウフフと戯《たわむ》れる二人の美少女の姿はじつに絵になるもので、見ていて

ドキドキする。

……なんか一部におかしなところもあったかもしれないが、今の俺《おれ》たちの姿はまさしくリア充そのもの。

なんというリア充。

素晴らしきリア充。

「……あはは……素晴らしいなあリア充……楽しいなあアハハ……隣人部の仲間はみんな仲良し……あはははは…………」

しかし最初に言ったとおりこれは幻覚である。

「――んぱい。正気に戻ってください先輩。……えい」

ビリビリッ!!

「〰〰〰〰〰!?」

俺の全身に電流が走り、朦朧《もうろう》としていた意識は一気に現実へと引き戻された。

ちなみに電流が走ったというのは比喩《ひゆ》ではなく、本当に電流を流された。

目覚まし用スタンガンで俺の身体《からだ》に電流を流した犯人は隣に座っていた。

思い返せば、ことあるごとに迷ったり悩んだり逃げたり流されたりしがちな俺を現実に引き戻してくれたのは、いつだって彼女——志熊理科《しぐまりか》だった。

「ふふふ……一人だけトリップしてラクになるなんてずるいですよ小鷹《こだか》先輩」

理科は、どこか狂気を孕《はら》んだ引きつった薄笑いを浮かべて淡々と言う。

噛《か》みしめるようにことさら「先輩」を強調するのは、これが俺たちが同じ学校の先輩後輩として過ごす最後の時間だからだろう。

「……楽しい幻覚を見ていた……」

遠い目をして俺は言う。

「どんな幻覚だったんですか？」

「夜空《よぞら》と星奈《せな》が二人仲良く笑顔で戯《たわむ》れてた」

「非科学的な光景ですね」

「非科学的とまで言うか……」

しかしまあ、理科の言うとおりだった。

あの二人が仲良く笑顔で遊ぶなどあり得ない。

げんに今だって、

「そろそろ辛《つら》くなってきたのではないか？　降参した方が身のためだぞ肉……」

黒髪の美少女——三日月夜空《みかづきよぞら》が、血走った目をして言う。

「ふふふ……そっちこそギブアップしたら？　息が上がってるわよ」

金髪の美少女——柏崎星奈《かしわざきせな》が、夜空と同じく血走った目で狂気に満ちた笑みを浮かべる。

そして二人は同時に目の前でグツグツと煮えたぎる鍋《なべ》に箸《はし》を突っ込み、その中に入っていた真っ黒な『何か』を取り出して同時に口に含む。

「うぐ……っ」

「ぐぇ……っ」

どうやらどちらも『ハズレ』だったらしく、二人してカエルが潰《つぶ》れたような声を漏《も》らす。

「か、がぁっ、あぐぁっ、辛っ、ぅがぁっ！」

夜空が苦悶《くもん》の表情で喉《のど》をかきむしる。

「うう……ううぅ……甘い……ような、違うような……口の中がねばねばして……喉が腐っていく感じ……キモチ、ワルイ……」

白目を剥《む》いて星奈がダラダラと滝のような涙を流す。

……現実の俺《おれ》たちがいるのは地獄だった。

このイベントが始まる前までは小綺麗《こぎれい》だった洋室。

隣人部の七人が、部屋の中央に置かれた丸テーブルを囲んでいる。

テーブルの中心には、真っ黒な中身がぐつぐつと煮えたぎる大きな鍋。

俺の右隣には理科《りか》が座り、左にはマリアと小鳩《こばと》が折り重なるようにして倒れている。

「……お兄ちゃん……お兄ちゃん……悪魔が、悪魔が来るのだ……」

「あんちゃんどいて、そいつ殺せない……」

どちらも悪夢に魘《うな》されているらしく、苦しそうな顔でおかしな寝言を言っている。

理科の隣には夜空。

小鳩とマリアの隣には星奈。

夜空と星奈に挟まれるような形で座っているのはメイド服姿の後輩——楠幸村《くすのきゆきむら》。

幸村は黙々と機械的に、箸を鍋と口の間で往復させている。

往復させているだけで、さっきからなにも箸で掴《つか》んでいない。

幸村の目は焦点を失い完全に死んでいた。

「……幸村……お前まで逝《い》ったか……」

沈痛な面持ちで俺は呟《つぶや》いた。

「ほら小鷹《こだか》、お前も食べろ……」

「ふふふ……早くしなさいよね。勝負はこれからなんだから……」

夜空《よぞら》と星奈《せな》がともに目を血走らせて俺《おれ》に言った。

「うう……」

泣きそうになりながら、俺は自分の箸《はし》をグッグッと煮えたぎる鍋《なべ》へと伸ばす。

鍋からは甘いような臭いような酸っぱいような、肌がチリチリして目と鼻が痛いような痒《かゆ》いようなとにかく異常な不快感をもたらす異様な臭《にお》いが漂っている。

「……なあ、これ本当に毒入ってないんだよなあ……」

「その筈《はず》です小鷹《こだか》先輩……。理科《りか》のポイズンチェッカーはあらゆる毒物を完璧《かんぺき》に検出しますから。完璧なはず、ですから……」

自信なさそうに理科が答えた。

俺たちが何をやっているのかといえば――闇鍋《やみなべ》だった。

ことの発端は数日前。

湿っぽく終わるのもアレなので、隣人部だけの卒業式のあとはみんなでパーッと騒げるイベントをやりたいなと話し合っていたとき、星奈がプレイしていたギャルゲーに「友達が集まって鍋パーティーをする」という場面があり、夜空がそれを見てぽつりと「……一緒に鍋を食べるというのはいかにも仲のいい友達という感じでいいな」と言った。

俺や星奈もそれには同意だった。

そして夜空は、

「友達と鍋をやるときに失敗しないように、この部で鍋の予行演習をしておこう」

などと言い出した。

――友達ができたときのための予行演習。

久しぶりに聞く、既に形骸化《けいがいか》したこのフレーズを、あえて夜空は使った。それは、これが俺たちが隣人部として行う最後の活動なのだということを意味していた。

それはそうと、『みんなで鍋』というフレーズには正直かなり惹《ひ》かれるものがあり、俺をふくめて部員全員が賛成した。大学生ってしょっちゅう部屋で鍋をするみたいなイメージがあるし、来月から大学生になる身としてもぜひ経験しておきたい。

それでどんな鍋をやるか決めるとき、星奈が「闇鍋がいい」と言い出した。

なんでも他《ほか》のゲームでも仲のいい友達数人で鍋をやるシーンがあり、わーわーきゃーきゃー言いながら闇鍋をつつく様子がとても楽しそうだったとか。

それを聞いて俺たちは不覚にも「それは楽しそうだ」と思ってしまった。それに闇鍋には普通の鍋以上に、気心の知れた者同士だからこそ許されるような特別感がある気がして、隣人部の最後の締《し》めには相応《ふさわ》しいと思った。思ってしまった。

闇鍋《やみなべ》に決定後、スープは部員の中で唯一料理ができる俺《おれ》が担当することになった。

週末、俺は闇鍋用の黒いスープの開発に着手。

闇鍋というのは鍋から食べ物を取るときに部屋を暗くするもので、べつにスープ自体が黒い必要はないのだが、勘違いしていた。

ともあれ俺は、イカスミ、黒胡麻《くろごま》などをベースに、魚介類のダシが効いたちょっとピリ辛で美味《おい》しい『黒いスープ』を作り出すことに成功。

週明け――卒業式当日、理科《りか》の持ってきた鍋の中に俺がそのスープを作り、部屋を暗くして各自が持ち寄った食材をいっせいに鍋にぶち込み、いよいよ闇鍋パーティーが始まった。

……そして現在。

俺が苦労して開発した黒いスープはえもいわれぬ悪臭を放ち、見た目は同じ黒色でもなにかヘドロっぽい感じがする別のものに変わり果《は》てていた。

食べられるもの以外の持ち込みは禁止で、もちろん毒物など厳禁なのになぜかさっきは幻覚まで見えたし……。

みんな楽しそうにしていたのはスープに具材を入れる直前までで、魚介類をベースにした美味しそうな匂《にお》いが異臭に変わり始めると全員の顔から笑顔が消えた。

みんなでいっせいに鍋から食べ物を取るたびに、場の雰囲気が険悪化。

マリアと小鳩《こばと》の年少組二人は開始十分でダウン。

夜空《よぞら》と星奈《せな》は、

「貴様が闇鍋などという頭がおかしなものをやりたいと言うから……！」

「そもそもあんたが鍋をやりたいなんて言い出したのが悪い！」

「最悪なのは貴様が持ってきたシュールストレミングだ！」

「ニシンだから味は悪くなかったわ。それに比べてあんたのマンゴーや苺《いちご》だいふくは！」

……こんな感じで責任を押し付け合う始末。

いつの間にか『最後まで生き残っていたやつが優勝』という意味のわからないルールが決まっていた。

そして今また、幸村《ゆきむら》が逝《い》った。

幸いにして俺は肉団子とかこんにゃくとか比較的まともな具材（自分で持ってきた）ばかりを引き当てて生き残ったのだが、さっきは部屋中に充満する甘ったるい不快な臭《にお》いのせいで楽園へトリップしてしまった。

味オンチの理科も幸か不幸か生き残っているがその目は既にヤバめ。

俺と理科は同時に鍋に箸《はし》を突っ込み、真っ黒に染まった『何か』を取り出して息を止めて口に放り込む。

……スープの味が最悪だが、具材はよかった……ただの……ただの、なんだこれ……食感からすると……ブロッコリー？

一方理科《りか》は何かヤバいものが当たったらしく、

「……理科の記憶のデータベースからこの食べ物の味に最も近いものを引き出すと……………………消毒用エタノール」

それっきり理科はぴくりとも動かなくなった。

「……お前まで……」

やっぱり闇鍋《やみなべ》なんて、本当に気心の知れた友達同士が和気藹々《わきあいあい》とやるものだったんだ。和気藹々などという雰囲気とはほど遠い俺《おれ》たちが手を出していいジャンルじゃなかったんだ……。

しかもうちの部員どもは悪ノリだけは一流で、持ち寄った具はマシュマロだの果物だのお菓子だの、ちょっと考えればどんな結末になるのかわかるようなシロモノばかりときた。

なぜあのとき「面白そう」などと思ってしまったのか……。

俺が後悔していると、

「では次だ……」

「わかってるわよ……」

互いに脂汗を流しながら凄絶《せいぜつ》な笑みを浮かべ夜空《よぞら》と星奈《せな》が睨《にら》み合う。

俺も仕方なく箸《はし》を取り、三人一緒に鍋から具を取る。

揃《そろ》って口に運び、飲み込み――

「…………お……お……おえええええええええええええっ」

「うわっ!?」

星奈がリバースした！

それを間近で見た夜空は一瞬だけ勝ち誇った顔を浮かべた直後に顔を蒼白《そうはく》にし、

「……う…………おげぇっ…………」

もらいゲロ。

星奈と夜空はそのまま白目を剥《む》いて倒れた。

「うわっ、ちょ、お前らほんとに大丈夫か!?」

……二人の返事はない。

……う……リバースしたブツまで黒い……きもちわりぃ……。

俺《おれ》まで吐きそうだったので慌《あわ》てて部室の窓を開けて換気し外の空気を吸い込む。

「すー、はー、すー、はー……」

呼吸を整えたあと、汚物をどうにかするため雑巾《ぞうきん》を取りに部屋を出る。

どうしよう……あいつらよりによってカーペットの上に吐きやがった……。

廊下に出た俺は、ふと部屋のルームプレートを見上げた。

『談話室4』。

今は死屍累々《ししるいるい》の地獄になっているこの部屋が、俺たち『隣人部』の部室だった。

隣人部。

活動目的は『友達作り』。

活動内容は多岐にわたるというか単純に節操がなく、各々好き勝手に時間を潰《つぶ》していたこともあれば、雑談をしたりゲームをやったりゲームを作ったり小説を書いたり漫画を描《か》いたり楽器の練習をしたりお芝居をしたりお笑いの練習をしたり知らない人に声をかける特訓をしたり、そして闇鍋《やみなべ》をやったりした。

俺たちはこの場所に集い、泣いたり笑ったり、喧嘩《けんか》したり協力したり、気づかないふりをしたり、恋をしたり失恋したりした。

い、い、い、なんだって、て、した。

きっとこれから先、俺たちの未来には色んなことが待ち受けていて、大勢の人と出会い、その中の何人かと友達になったり恋人になったり、もしかすると家族になったりもするだろうけど、ここで過ごした日々のことはいつまでも忘れないと思う。

俺たちが過ごしてきた二年近い残念な青春の日々に、仮にタイトルを付けるとするなら、そうだな——『僕は友達が少ない』なんてのはどうだろう。

友達が少ない。

少ないけれど、いる。

それは傍から見れば灰色というか闇鍋のように黒く混沌《こんとん》とした青春で。

それでも俺たちにとってはとても大切で、いつまでも胸の中に輝き続ける。

幻覚なんかじゃなくて、たしかにこの場所で刻んだ——

〝心《残》に残る今《念》〟の軌跡だ。

（僕は友達が少ない　完）

あとがき

いい青春だった！　この一言を書くために約100万文字かかりました。

そんなわけで、予告通り1冊まるごとエピローグ、『僕は友達が少ない⑪』でした。全12冊という長丁場で想定外のことも多々あったシリーズでしたが、最後は特に迷うことなく当初の予定通りのエンディングに向かって突き進みました。学校を舞台とした青春モノの終幕は、個人的にはこれが一番しっくりきます。傍目《はため》には滑稽《こっけい》でも迷いながら傷つきながら真剣に駆け抜けた小鷹《こだか》や夜空達《よぞらたち》の青春模様、いかがだったでしょうか。伏線も残らず回収（多分）し、このシリーズで書くべきことも書きたいことも作中で全《すべ》て書けましたので、早々に謝辞へと移らせていただきます。

イラスト担当のブリキさんのお力がなければ、この作品がここまで大きくなることはできませんでした。最後まで本当にありがとうございました。初代担当の栗田《くりた》さん、2代目担当の岩浅《いわあさ》さん、3代目担当の大類《おおるい》さんをはじめ、この作品に関《かか》わった大勢の皆様、お疲れ様でした。今後とも宜《よろ》しくお願いします。また、漫画、アニメ、ゲーム、映画などメディアミックス関係者の皆様にも、大変お世話になりました。色々と貴重な経験をさせていただき、楽しかったです。特にアニメ挿入歌〝ＦＬＯＷＥＲ〟は一生の宝物です。
そして何より、読者の皆さん。ここまで来られたのは、誇張ではなく皆さんの支えがあったからです。ありがとうございました。皆さんの未来が輝かしいものであることを心から祈っています。

なお、小説はこれで完結ですが、いたちさんによるコミック版はまだまだ続きますので、これからもお楽しみに。単行本のオマケでは書き下ろしコメンタリーという形で裏話なども語っております。それ以外でも隣人部の面々が登場する機会はあるかもしれませんので、見かけた時は宜しくお願いします。

また、小学館ガガガ文庫にて岩浅さん&『僕は友達が少ない　ゆにばーす』等でお世話になったカントクさんと共に、新シリーズ『妹さえいればいい。』を開始し、現在2巻まで大好評発売中です。はがないで得た様々な経験や気持ちを全部注《そそ》ぎ込んだ、はがないの子供のような作品です。『は《歯》がない』から『いれば《入れ歯》』に。新しい青春の始まりです。……ちなみに『いれば』という略称は狙《ねら》ったわけではなく偶然です。こうやって自分で書いておいてアレですが、検索性が悪すぎるので今回は定着しないでほしい。

〝ＦＬＯＷＥＲ〟を歌いながら　平坂読《ひらさかよみ》

MF文庫J

僕は友達が少ない⑪

発行	2015年8月31日　初版第一刷発行
著者	平坂読
発行者	三坂泰二
発行所	株式会社 KADOKAWA 〒102-8177 東京都千代田区富士見2-13-3 0570-002-001（カスタマーサポート） 年末年始を除く 平日10:00〜18:00まで
印刷・製本	株式会社廣済堂

Printed in Japan　ISBN 978-4-04-067751-4 C0193
http://www.kadokawa.co.jp/

JASRAC 出 1509115-501

【 ファンレター、作品のご感想をお待ちしています 】
〒102-0071 東京都千代田区富士見2-13-12
株式会社KADOKAWA　MF文庫J編集部気付「平坂読先生」係　「ブリキ先生」係